文豪たちの憂鬱語録

編　豊岡昭彦・高見澤 秀

秀和システム

まえがき　心に寄り添う珠玉の言葉

文豪の名言といえば、その文豪独特の表現力で人生の機微を教えてくれたり、力強く背中を押してくれたりするようなものを思い浮かべることだろう。

「人生を前向きに生きる」とか「幸福を呼び込む」「元気になる」「人生の真実」などのキャッチコピーがつく、こうしたものを求める読者は多く「名言集」という名の出版物は世の中に数多く存在する。

本書はこうした名言集とは一線を画し、文豪たちの、いわば「本音」とも言える「憂鬱」「絶望」「悲哀」「慟哭《どうこく》」などに満ちた言葉をすくい取ったものだ。

どんなにがんばっても、人生には失敗や挫折、災難はつきものだ。

そんなときに「もっとがんばれ」とか「あきらめなければ道は開ける」とか言われて

も、本人にとってはつらいだけということも多いだろう。
がんばったからといって、解決できない問題があるのも人生なのだから。
そんな残念な人生に必要なのは、じっと黙って傷ついた心に寄り添ってくれる言葉。
本書で紹介するのは、そんな言葉の数々だ。
文豪たちは語る……。

＊　＊　＊　＊

生きてゆくから、叱らないで下さい。

太宰治『狂言の神』

己《おれ》は鼠に芝居をさせて、飯を食っていると思っている。が、事によるとほんとうは、鼠が己にこんな商売をさせて、食っているのかも知れない。
実際、そんなものですよ。

芥川龍之介『仙人』

「私は淋《さび》しい人間です」と先生はその晩またこの間の言葉を繰り返した。
「私は淋しい人間ですが、ことによるとあなたも淋しい人間じゃないですか」

夏目漱石『こころ』

ほんたうにおれは泣きたいぞ。
一体なにを恋してゐるのか。
黒雲がちぎれて星をかくす
おれは泣きながら泥みちをふみ。

宮沢賢治『冬のスケッチ』

ああ、私も妻がほしい、子供もほしい。人間なみの幸福をうけたい。
私はしたい方《ほう》だいがしたいのではない。ただ人間なみのことがしたいのだ。
私はどんな不幸な人間で、それだけのことも出来ないのだろうか。
さびしい。

佐藤春夫「谷崎千代宛書簡」

吃《ども》る事なしには私達は自分の心を語る事が出来ない。恋人の耳にささやかれる言葉はいつでも流暢《りゅうちょう》であるためしがない。心から心に通う為めには、何んという不完全な乗り物に私達は乗らねばならぬのだろう。

有島武郎『惜みなく愛は奪う』

＊　＊　＊　＊

残念な人生を耐えつつ生きていくために、あるいは残念な人生を楽しむためと言ってもいいかもしれない……。

文豪たちのこうした言葉が我々にそっと寄り添い、慈しんでくれる。

人は誰しも、憂鬱と悲哀を抱いて人生を生きている。

自分だけが特別なのではない。名だたる文豪たちもまた、自分たちと同じ人間であり、残念な人生を生きたのだ。

寂しくて心が風邪をひきそうなときは、ぜひ本書を手に取ってみてほしい。文豪たちの言葉がそっとあなたの心に染み込んでいくことだろう。

追記

本書の「第2章　石川啄木の『ローマ字日記』」と「第5章　島崎藤村の『新生』」は、ほかの章とは構成が異なっている。

この2章では、2人の文豪の暗黒面、ブラックな部分をダイジェストで紹介しているのだが、これもまた人間としての「文豪の本音」であり、あらがえない性癖、憂鬱であろう。まさに残念な人生の典型である。

読者の中には、憂鬱を通り越して不快感や嫌悪感を抱く人もあるかもしれないが、文豪たちの本質にせまる素材として、あえて掲載した。

【表記について】

・原則として、一部の旧仮名づかいを新仮名づかいに、旧字体を新字体に改めました。
・第2章の仮名による訳文は編集部によるものです。
・読みやすさを考慮して、漢字のルビや改行などの調整をしています。
・本作品中には、今日の人権意識に照らして不当、不適切と思われる語句や表現がありますが、作品の時代背景と文学的価値とを考慮し、そのままとしました。

第1章

太宰治のネガティブ語録

暗すぎてウケる！文豪界随一の絶望名人

太宰治（1909〜1948）

薬物中毒、自殺未遂、愛人関係……太宰治の絶望史

青森県で生を受けた太宰治の本名は津島修治。津島家は大地主であり、父も名士として知られていた。太宰は学校での成績も優秀で、弘前中学に進学。当時、旧制中学への進学率は5％程度である。家柄に恵まれたこともあるが、太宰少年はかなり頭がよかったのだ。

さらに、旧制弘前高校にまで進学。ここで文学に出会ってしまう。後年に師事する井伏鱒二や、逆に猛批判することになる志賀直哉を愛読。中でも太宰少年の心を捉えた作家は芥川龍之介であった。が、在学中に芥川が死去したことで、太宰は絶望への第一歩を踏み出す。同人誌を発刊するなど、文士としての道を歩み始める一方、在学中には1回目の自殺未遂を起こしている。どうにか卒業し、1930年、東京帝国大学文学部仏文科に入学。

上京後、講義についていけなくなると「左翼活動に傾倒して投獄される」「津島家を分家除籍される」「カフェーの女給・田部《たなべ》シメ子と心中事件を起こす（シメ子のみ死亡）」など、完全に絶望キャラと化す。1933年ごろから執筆活動を本格化させ、1935年には第1回芥川賞候補にまでなる。

だが同時に、このころ「新聞社の入社試験に落ちて自殺未遂」「腹膜炎の手術からパビナー

ル中毒に」「芥川賞に落選して選考委員の川端康成に激怒」「妻が不倫したことから夫婦で心中未遂（後に離縁）」など、現在では広く知られる〝太宰像〟が、ほぼ完成する。

1938年の結婚を機に、文士としての活動が軌道に乗り始め、数々の名作を生む。太平洋戦争中も旺盛な執筆を続け、疎開を経験するも、無事に終戦を迎えた。

帰京後、太田静子《おおたしずこ》との再会（戦前から深い関係にあった）や山崎富栄《やまざきとみえ》との出会いを経て、既婚の身でありながらそれぞれと恋に落ちた。1948年、富栄と玉川上水に入水。38歳没。

あまりにも自己破滅的な一生を送った太宰だけに、絶望や憂鬱に満ちた名言の数々は他を圧倒している。現在では、SNSなどで「太宰暗すぎてウケる」などと呟かれているが、ここまで振り切ると、読み手にはむしろ生きる活力となっているようだ。

本章では100を超える太宰の「ネガティブ名言」を紹介する。こうした言葉は、多くの文豪が、少数の作品に固めていることが多い。そんな中、太宰は、多種多様な作品に多くのネガティブ名言を残しているということに驚かれるだろう。

銀座のBAR「ルパン」にて、ネクタイにブーツ（林忠彦撮影）。太宰は約172cmと当時としては大柄で、合う靴が少なかったという。そのため、この軍用ブーツを愛用していた。

１・「生れて、すみません」～運命を呪いたくなる名言

生きてゆくから、叱らないで下さい。

『狂言の神』

ちかごろの僕の生活には、悲劇さえ無い。

『正義と微笑』

水は器にしたがうものだ。

『ダス・ゲマイネ』

自分が誰だかわからなかった。何が何やら、まるでわからなくなってしまっていたのである。

『誰』

姉さん。
だめだ。
さきに行くよ。
僕は自分がなぜ生きていなければならないのか、それが全然わからないのです。
生きていたい人だけは、生きるがよい。

『斜陽』

姉さん。
僕は、死んだほうがいいんです。
僕には、所謂、生活能力が無いんです。

『斜陽』

姉さん。
僕には、希望の地盤が無いんです。
さようなら。

『斜陽』

昨年は、何も無かった。
一昨年は、何も無かった。
その前のとしも、何も無かった。

『斜陽』

ああ、人間の生活って、あんまりみじめ。
生れて来ないほうがよかったとみんなが考えているこの現実。

『斜陽』

僕は今まで、説教されて、改心した事が、まだいちどもない。
お説教している人を、偉いなあと思った事も、まだ一度もない。

『正義と微笑』

「生活とは何ですか。」
「わびしさを堪える事です。」

『かすかな声』

「自信とは何ですか。」
「将来の燭光を見た時の心の姿です。」
「現在の?」
「それは使いものになりません。ばかです。」

『かすかな声』

てれくさくて言えないというのは、つまりは自分を大事にしているからだ。

『新ハムレット』

人間、失格。
もはや、自分は、完全に、人間で無くなりました。

『人間失格』

自分は隣人と、ほとんど会話が出来ません。
何を、どう言ったらいいのか、わからないのです。

『人間失格』

私は自分に零落を感じ、敗者を意識する時、必ずヴェルレエヌの泣きべその顔を思い出し、救われるのが常である。生きて行こうと思うのである。
あの人の弱さが、かえって私に生きて行こうという希望を与える。

『服装に就いて』

人間の一生は地獄でございまして、寸善尺魔、とは、まったく本当の事でございますね。

『ヴィヨンの妻』

我が身にうしろ暗いところが一つも無くて生きて行く事は、不可能だと思いました。

『ヴィヨンの妻』

強いて言えば、おれは、めしを食うとき以外は、生きていないのである。

『兄たち』

性格の悲喜劇といふものです。
人間生活の底には、いつも、この問題が流れてゐます。

『お伽《とぎ》草子』

百姓は、くるしい思いをした。
誰にも知られぬ、くるしい思いをした。
この懊悩《おうのう》よ、有難う。

『一日の労苦』

人は、生活に破れかけて来ると、どうしても何かの予言に、すがりつきたくなるものでございます。

『愛と美について』

生きて行くためには、愛をさえ犠牲にしなければならぬ。
なんだ、あたりまえのことじゃないか。
世間の人は、みんなそうして生きている。

『姥捨《うばすて》』

生れて、すみません。

『二十世紀旗手』

2・「全部、作家は、不幸である」～絶望しなければ仕事じゃない

一日の労苦は、そのまま一日の収穫である。
「思い煩《わずら》うな。空飛ぶ鳥を見よ。播《ま》かず。刈らず。蔵に収めず。」

『一日の労苦』

私は貧乏で、なまけもので、無学で、そうしてはなはだ、いい加減の小説ばかり書いている。軽蔑されて、至当なのである。

『困惑の弁』

人の力で、どうしても出来ない事が、この世の中にたくさんあるのだという絶望の壁の存在を、生れてはじめて知ったような気がした。

『斜陽』

絶望は、優雅を生む。そこには、どうやら美貌のサタンが一匹住んでいる。

『女人創造』


これ以上の作品も、いまのところ、書けそうもない。作者の力量が、これだけしか無いのだ。じたばた自己弁解をしてみたところで、はじまらぬ。

『新ハムレット』


苦悩を売り物にするな、と知人よりの書簡あり。

『悶悶日記』


私は文を売ってから、既に十五年にもなる。しかし、いまだに私の言葉には何の権威もないようである。

『如是我聞《にょぜがもん》』


故郷の者は、ひとりも私の作品を読まぬ。

『善蔵を思う』

全部、作家は、不幸である。
誰もかれも、苦しみ苦しみ生きている。

『緒方氏を殺した者』

私は、私の作品を、ほめてくれた人の前では極度に矮小《わいしょう》になる。その人を、だましているような気がするのだ。反対に、私の作品に、悪罵《あくば》を投げる人を、例外なく軽蔑する。何を言ってやがると思う。

『自作を語る』

作品を発表するという事は、恥を掻く事であります。神に告白する事であります。そうして、もっと重大なことは、その告白に依って神からゆるされるのでは無くて、神の罰を受ける事であります。

『風の便り』

作家は例外なく、小さい悪魔を一匹ずつ持っているものです。

『風の便り』

作家の人間的魅力などというものは、てんで信じて居りません。
人間は、誰でも、くだらなくて卑しいものだと思っています。
『風の便り』

生きる事は、芸術でありません。自然も、芸術でありません。
さらに極言すれば、小説も芸術でありません。
『風の便り』

安楽なくらしをしているときは、絶望の詩を作り、ひしがれたくらしをしているときは、生のよろこびを書きつづる。
『葉』

そうして台石には、こう刻んでおくれ。
ここに男がいる。生れて、死んだ。
一生を、書き損じの原稿を破ることに使った。
『葉』

3・「以後、女は、よそうと思った」～こんな女（男）は嫌だ

女の心は、いつわらずに言えば、結婚の翌日だって、他の男のひとのことを平気で考えることができるのでございますもの。

『皮膚と心』

おれをこんな無口な男にさせたのは、お前です。
夕食の時の世間話なんて、たいていは近所の人の品評ぢやないか。悪口ぢやないか。

『舌切雀』

女は死んだように深く眠る、女は眠るために生きているのではないかしら。

『人間失格』

男はたいてい、おっかなびっくりで、おていさいばかり飾り、そうして、ケチでした。

『人間失格』


男って、正直ね。何もかも、まる見えなのに、それでも、何かと女をだました気で居るらしいのね。

『火の鳥』


男には、不幸だけがあるんです。

『ヴィヨンの妻』


私には此の頃、男がくだらなく見えて仕様がありません。

『新ハムレット』


私は、めきめき太った。愛嬌《あいきょう》もそっけもない、ただずんぐり大きい醜貌の三十男にすぎなくなった。

『答案落第』

「私はね、」
と母は少しまじめな顔になり、
「この、お乳とお乳のあいだに、……涙の谷、……」
涙の谷。
父は黙して、食事をつづけた。

『桜桃』

銀座裏のバアの女が、私を好いた。
好かれる時期が、誰にだって一度ある。不潔な時期だ。

『東京八景』

僕は、ひとりの女をさへ、註釋《ちゅうしゃく》なしには愛することができぬのだ。

『道化の華』

以後、女は、よそうと思った。

『思案の敗北』

4・「恥の多い生涯を送って来ました」～後悔と諦念に満ちた人生

明日もまた、黙って畑の仕事を続けよう。
仕方がないのである。
他に生きがいの無い人間なのである。

『パンドラの匣《はこ》』

人なみの仕合せは、むずかしいらしいよ。

『秋風記』

らっきょうの皮を、むいてむいて、しんまでむいて、何もない。きっとある、何かある、それを信じて、また、べつの、らっきょうの皮を、むいて、むいて、何もない。

『秋風記』

人生とは、私は確信を以て、それだけは言えるのであるが、苦しい場所である。生れて来たのが不幸の始まりである。

『如是我聞』

本を読まないということは、そのひとが孤独でないという証拠である。

『如是我聞』

生きている事。ああ、それは、何というやりきれない息もたえだえの大事業であろうか。

『斜陽』

ひとはなぜ生きていなければいけないのか、そのわけが私には呑みこめなかった。

『ダス・ゲマイネ』

私の欲していたもの、全世界ではなかった。百年の名声でもなかった。タンポポの花一輪の信頼が欲しくて、チサの葉いちまいのなぐさめが欲しくて、一生を棒に振った。

『二十世紀旗手』

その、ただものでない男が、さて、と立ちあがって、何もない。為すべきことが何もない。手がかり一つないのである。苦笑である。

『一日の労苦』

どうも、たいへん、不愉快である。多少でも、君にわからせようと努めた、私自身の焦慮に気づいて、私は、こんなに不機嫌になってしまった。

『一日の労苦』

僕はもう何も言ふまい。
言へば言ふほど、僕はなんにも言つてゐない。

『道化の華』

どつちにしたつて引返すことは出来ないんだ。
試みたとたんに、あなたの運命がちやんときめられてしまふのだ。
人生には試みなんて、存在しないんだ。

『浦島さん』

私には何が出来た。殺人、放火、強姦、身をふるわせてそれらへあこがれても、何ひとつできなかった。立ちあがって、尻餅《しりもち》ついた。

『もの思う葦』

一瞬間。

ひとは、その生涯に於《お》いて、まことの幸福を味わい得る時間は、これは、百米《メートル》十秒一どころか、もっと短いようである。

『もの思う葦』

まだまだ自分のことで一ぱいである。

怒り、悲しみ、笑い、身悶《みもだ》えして、一日一日を送っている始末である。

やはり、三十一歳は、三十一歳だけのことしかないのである。

『懶惰《らんだ》の歌留多』

人間は、素朴に生きるより、他に、生きかたがないものだ。

『姥捨』

充分に狂い、焦《こ》げつき、そうして一刻も早く目ざめる。それが最上の道です。

『新ハムレット』

見てしまった空虚、見なかった焦躁不安、それだけの連続で、三十歳四十歳五十歳と、精一ぱいあくせく暮して、死ぬるのではなかろうか。

『佐渡』

明日もまた、同じ日が来るのだろう。
幸福は一生、来ないのだ。それは、わかっている。
けれども、きっと来る、あすは来る、と信じて寝るのがいいのでしょう。

『女生徒』

私には、誇るべき何もない。学問もない。才能もない。肉体よごれて、心もまづしい。けれども、苦悩だけは、その青年たちに、先生、と言はれて、だまつてそれを受けていいくらゐの、苦悩は、経て来た。たつたそれだけ。藁《わら》一すぢの自負である。

『富嶽百景』

覚えて置くがよい。おまえは、もう青春を失ったのだ。

『東京八景』

人は、あてにならない、といふ発見は、青年の大人に移行する第一課である。
大人とは、裏切られた青年の姿である。

『津軽』

日本の映画は、そんな敗者の心を目標にして作られているのではないかとさえ思われる。
野望を捨てよ。小さい、つつましい家庭にこそ仕合せがありますよ。
お金持には、お金持の暗い不幸があるのです。あきらめなさい。と教えている。

『弱者の糧』

死のうと思っていた。ことしの正月、よそから着物を一反もらった。お年玉としてである。
着物の布地は麻であった。鼠色のこまかい縞目《しまめ》が織りこめられていた。
これは夏に着る着物であろう。夏まで生きていようと思った。

『葉』

恥の多い生涯を送って来ました。

自分には、人間の生活というものが、見当つかないのです。


『人間失格』


弱虫は、幸福をさえおそれるものです。

綿で怪我をするんです。

幸福に傷つけられる事もあるんです。


『人間失格』


いまは自分には、幸福も不幸もありません。

ただ、一さいは過ぎて行きます。

自分がいままで阿鼻叫喚で生きて来た所謂「人間」の世界に於いて、たった一つ、真理らしく思われたのは、それだけでした。

ただ、一さいは過ぎて行きます。


『人間失格』

5・「私ひとりが、変質者だ」～狂気に満ちた凶器となる言葉

あざむけ、あざむけ、巧みにあざむけ、神より上手にあざむけ、あざむけ。

『二十世紀旗手』

ギロチン、ギロチン、シュルシュルシュ、ギロチン、ギロチン、シュルシュルシュ。

『斜陽』

死ぬ気で飲んでいるんだ。生きているのが、悲しくて仕様が無いんだよ。

『斜陽』

いまの世の中で、一ばん美しいのは犠牲者です。

『斜陽』

人間は、みな、同じものだ。
なんという卑屈な言葉であろう。人をいやしめると同時に、みずからをもいやしめ、何のプライドも無く、あらゆる努力を放棄せしめるような言葉。

『斜陽』

おそろしいのはね、この世の中の、どこかに神がいる、という事なんです。いるんでしょうね?

『ヴィヨンの妻』

生れた時から、死ぬ事ばかり考えていたんだ。皆のためにも、死んだほうがいいんです。それはもう、たしかなんだ。それでいて、なかなか死ねない。へんな、こわい神様みたいなものが、僕の死ぬのを引きとめるのです。

『ヴィヨンの妻』

汝《なんじ》を愛し、汝を憎む。

『津軽』

無垢の信頼心は、罪なりや。
唯一のたのみの美質にさえ、疑惑を抱き、自分は、もはや何もかも、わけがわからなくなり、おもむくところは、ただアルコールだけになりました。

『人間失格』

私は人に接する時でも、心がどんなにつらくても、からだがどんなに苦しくても、ほとんど必死で、楽しい雰囲気を創る事に努力する。そうして、客とわかれた後、私は疲労によろめき、お金の事、道徳の事、自殺の事を考える。

『桜桃』

悲しみは、金を出しても買え、という言葉が在る。青空は牢屋の窓から見た時に最も美しい、とか。感謝である。

『善蔵を思う』

自殺は、かえって、生きている事に張り合いを感じている人たちのするものです。

『風の便り』

人間は、死んでから一ばん人間らしくなる、というパラドックスも成立するようだ。

『パンドラの匣』

私は懸命に其の場かぎりの嘘をつくのである。私は、いつでも、そうであった。そうして、せっぱつまって、死ぬ事を考える。

『東京八景』

酒は私を助けた。私は、それを忘れていない。私は悪徳のかたまりであるから、つまり、毒を以《もっ》て毒を制すというかたちになるのかも知れない。酒は、私の発狂を制止してくれた。私の自殺を回避させてくれた。私は酒を呑んで、少し自分の思いを、ごまかしてからでなければ、友人とでも、ろくに話のできないほど、それほど卑屈な、弱者なのだ。

『鷗』

この世に、ロマンチックは、無い。私ひとりが、変質者だ。

『春の盗賊』

6・「弱さ、苦悩は罪なりや」〜社会の仕組みを見抜いた太宰

人生は、決して興奮の舞踏の連続ではありません。
白々しく興覚《きょうざ》めの宿命の中に寝起きしているばかりであります。

『ろまん燈籠』

人間三百六十五日、何の心配も無い日が、一日、いや半日あったら、それは仕合せな人間です。

『ヴィヨンの妻』

これから東京で生活して行くにはだね、コンチワァ、という軽薄きわまる挨拶《あいさつ》が平気で出来るようでなければ、とても駄目だね。

『斜陽』

学問とは、虚栄の別名である。人間が人間でなくなろうとする努力である。

『斜陽』

ああ、お金が無くなるという事は、なんというおそろしい、みじめな、救いの無い地獄だろう、と生れてはじめて気がついた思いで、胸が一ぱいになり、あまり苦しくて泣きたくても泣けず、人生の厳粛とは、こんな時の感じを言うのであろうか、身動き一つ出来ない気持で、仰向《あおむけ》に寝たまま、私は石のように凝《じ》っとしていた。

『斜陽』

幸福の便りというものは、待っている時には決して来ないものだ。

『正義と微笑』

家庭の事情を語ってはならぬ。身のくるしさを語ってはならぬ。明日の恐怖を語ってはならぬ。人の思惑を語ってはならぬ。きのうの恥を語ってはならぬ。

『秋風記』

餓死するとも借金はするな。
世の中は、人を餓死させないように出来ています。

『新ハムレット』

薄情なのは、世間の涙もろい人たちの間にかえって多いのであります。

『女の決闘』

嫉妬というものは、なんという救いのない狂乱、それも肉体だけの狂乱。一点美しいところもない醜怪きわめたものか。世の中には、まだまだ私の知らない、いやな地獄があったのですね。

『皮膚と心』

最後に問う。弱さ、苦悩は罪なりや。

『如是我聞』

第2章

石川啄木の『ローマ字日記』

娼婦、借金、無断欠勤も赤裸々なクズの証明録

石川啄木（1886〜1912）

「清貧に甘んじた夭折の天才歌人」は虚像だった!?

一度でも我に頭を下げさせし
人みな死ねと
いのりてしこと
（一度でも俺に頭を下げさせた奴ら みんな死にますように）

これは歌集『一握の砂』に収録された石川啄木の一首。啄木は夭折の天才歌人として、坂口安吾や宮沢賢治に影響を与えた。「はたらけど はたらけど猶《なほ》 わが生活《くらし》 楽にならざり ぢっと手を見る」「友がみな われよりえらく 見ゆる日よ 花を買ひ来《き》て 妻としたしむ」「たはむれに母を背負ひて そのあまり 軽きに泣きて 三歩あゆまず」などの短歌が知られる。

そのため、啄木には「才能に恵まれながらも世に恵まれず清貧に甘んじた」「母思いの愛妻家で懸命に家族を支えた」「著名な友人に囲まれて人望家」というイメージがつきまとう。

だが、実際の啄木には、文才はあるものの実はクズ男ではないかと疑いたくなるエピソードが多い。「カンニングや成績の悪さから中学を中退」「結婚式をドタキャンして借金」「嫁姑問題を放置して解決は友人に一任」「家族への仕送りを無視して自分は放蕩《ほうとう》三昧」「遊女通いにハマって友人知人に借金しまくる」など、あげていけばキリがない。挙句、これほど家族に甘え、友人にも支えられたのに、冒頭の短歌を『一握の砂』にて発表している。

極めつきが本章の『ローマ字日記』だ。「NIKKI. I. MEIDI 42 NEN. 1909.」の冒頭通り、日記は啄木が上京した翌1909年4月7日から始まる。本郷区の蓋平館《がいへいかん》にて、友人の言語学者・金田一京助《きんだいちきょうすけ》の世話で下宿を開始した啄木は当時、東京朝日新聞の校正係として勤めていた。

日記の中では、たしかに妻や母、妹や娘への想いが書かれている。しかし、その一方で「浅草に通って、遊女を何人も買ったこと」「家族への送金を渋っていること」「仮病を使って会社を休みまくったこと」「それなのに会社から25円の月給を前借して、しかもその日のうちに放蕩でほとんど使いつくすこと」なども、かなり赤裸々に書かれている。

次ページからは、この『ローマ字日記』が断片的にでもわかるように、その内容を紹介していく。

啄木と妻の節子。啄木は節子に読まれたくなくてローマ字で日記を書いたが、妻はローマ字が読めたという。また、自分の死後に日記を処分するよう告げたが、節子は処分しなかった。

1・なぜ日記をローマ字で書くことにしたのか？

APRIL.　TOKYO.　7TH, WEDNESDAY.

Sonnara naze kono Nikki wo Rômaji de kaku koto ni sitaka ?　Naze da ?　Yo wa Sai wo aisiteru ; aisiteru kara koso kono Nikki wo yomase taku nai no da.――Sikasi kore wa Uso da !　Aisiteru no mo Jijitu, yomase taku nai no mo Jijitu da ga, kono Hutatu wa kanarazu simo Kwankei site inai.

Sonnara Yo wa Jakusya ka ?　Ina, Tumari kore wa Hûhu-kwankei to yû matigatta Seido ga aru tame ni okoru no da.　Hûhu !　nan to yû Baka na Seido darô !（中略）

Yono-naka wa mô sukkari Haru da.　Yukiki no Hito no muragatta Timata no Asi-oto wa nani to wa naku Kokoro wo ukitataseru.　Doko kara kyû ni dete kita ka to ayasimareru bakari, utukusii Kimono wo kita utukusii Hito ga zoro-zoro to yuku. Haru da !　sô Yo wa omotta. Sosite, Sai no koto, kaaii Kyô-ko no koto wo omoiukabeta.（中略）

Yo no hossuru Mono wa takusan aru yô da : sikasi jissai wa hon no sukosi de wa arumaika ?　Kane da !

【訳文】

そんならなぜこの日記をローマ字で書くことにしたか？ なぜだ？ 予は妻《さい》を愛してる。愛してるからこそ、この日記を読ませたくないのだ。――しかし、これは嘘だ！ 愛してるのも事実、読ませたくないのも事実だが、この2つは必ずしも関係していない。

そんなら予は弱者か？ 否、つまりこれは夫婦関係という間違った制度があるために起こるのだ。夫婦！ 何というバカな制度だろう！（中略）

世の中はもうすっかり春だ。行き来の人の群がった巷の足音は何とはなく心を浮き立たせる。どこから急に出て来たかと怪しまれるばかり、美しい着物を着た美しい人がゾロゾロと行く。春だ！

そう予は思った。そして、妻のこと、かわいい京子（啄木の長女）のことを思い浮かべた。（中略）

予の欲するものは、たくさんあるようだ。しかし、実際はほんの少しではあるまいか？ 金だ！

この日と翌々日の9日の日記には、函館で尋常小学校の代用教員を務めていた際に、想いを寄せていた橘《たちばな》智《ち》恵《え》子《こ》のことまで書かれている（「人の妻になる前にたった一度でいいから会いたい」など）。たしかに、妻には読ませたくなかったろう。

2・啄木、売春宿で遊女をあさりまくる

10TH, SATURDAY.

Ikura ka no Kane no aru toki, Yo wa nan no tamerô koto naku, kano, Midara na Koe ni mitita, semai, kitanai Mati ni itta. Yo wa Kyonen no Aki kara Ima made ni, oyoso 13-4 kwai mo itta, sosite 10nin bakari no Inbaihu wo katta. Mitu, Masa, Kiyo, Mine, Tuyu, Hana, Aki ……Na wo wasureta no mo aru. Yo no motometa no wa atatakai, yawarakai, massiro na Karada da : Karada mo Kokoro mo torokeru yô na Tanosimi da. Sikasi sorera no Onna wa, ya-ya Tosi no itta no mo, mada 16 gurai no hon no Kodomo na no mo, dore datte nan-byaku nin, nan-zen nin no Otoko to neta no bakari da. Kao ni Tuya ga naku, Hada wa tumetaku arete, Otoko to yû mono ni wa narekitte iru, nan no Sigeki mo kanjinai. Waduka no Kane wo totte sono Inbu wo tyotto Otoko ni kasu dake da. Sore igwai ni nan no Imi mo nai.

【訳文】

いくらかの金のあるとき、予はなんのためらうことなく、かの淫《みだ》らな声に満ちた、狭い、汚い街に行った。予は去年の秋から今までに、およそ13～4回も行った。そして10人ばかりの淫売婦を買った。ミツ、マサ、キヨ、ミネ、ツユ、ハナ、アキ……名を忘れたのもある。予の求めたのは、暖かい、柔らかい、真っ白な体だ。体も心もとろけるような楽しみだ。しかし、それらの女は、やや年のいった者も、まだ16くらいのほんの子供なのも、どれだって何百人、何千人の男と寝たのばかりだ。顔に艶《つや》がなく、肌は冷えて荒れて、男というものには慣れきっている。何の刺激も感じない。わずかの金を取って、その陰部をちょっと男に貸すだけだ。それ以外に何の意味もない。

3・遊女(18)の女性器に手首まで入れる

10TH, SATURDAY. (続き)

Tuyoki Sigeki wo motomuru ira-ira sita Kokoro wa, sono Sigeki wo uke-tutu aru toki de mo Yo no Kokoro wo saranakatta. Yo wa mi-tabi ka yo-tabi tomatta koto ga aru. Jûhati no Masa no Hada wa Binbô na Tosima-onna no sore ka to bakari arete gasa-gasa site ita. Tatta hito-tubo no semai Heya no naka ni Akari mo naku, iyô na Niku no Nioi ga muh' to suru hodo komotte ita. Onna wa Ma mo naku nemutta. Yo no Kokoro wa tamaranaku ira-ira site, dô site mo nemurenai. Yo wa Onna no Mata ni Te wo irete, tearaku sono Inbu wo kakimawasita. Simai ni wa go-hon no Yubi wo irete dekiru dake tuyoku osita. Onna wa sore de mo Me wo samasanu : osoraku mô Inbu ni tuite wa nan no Kankaku mo nai kurai, Otoko ni narete simatte iru no da. Nan-zen-nin no Otoko to neta Onna ! Yo wa masu-masu ira-ira site kita. Sosite issô tuyoku Te wo ireta. Tui ni Te wa Tekubi made haitta. " U -- u," to itte Onna wa sono toki Me wo samasita. Sosite ikinari Yo ni daki-tuita. " A -- a -- a, uresii ! motto, motto -- motto, a -- a -- a ! " Juhati ni site sude ni Hutû no Sigeki de wa nan no Omosiromi mo kanjinaku natte iru Onna ! Yo wa sono Te wo Onna no Kao ni nutakutte yatta. Sosite, Ryôte nari, Asi nari wo irete sono Inbu wo saite yaritaku omotta. Saite, sôsite Onna no Sigai no Ti-darake ni natte Yami no naka ni yokodawatte iru tokoro wo Maborosi ni nari to mi tai to omotta ! Ah, Otoko ni wa mottomo Zankoku na Sikata ni yotte Onna wo korosu Kenri ga aru !

【訳文】

強き刺激を求むるイライラした心は、その刺激を受けつつあるときでも、予の心を去らなかった。予は3度か4度、泊まったことがある。18のマサの肌は、貧乏な年増女のそれかとばかり荒れてガサガサしていた。たった一坪の狭い部屋の中に灯りもなく、異様な肉の匂いがむっとするほど篭《こも》っていた。女は間もなく眠った。予の心はたまらなくイライラして、どうしても眠れない。予は女の股に手を入れて、手荒くその陰部をかき回した。しまいには5本の指を入れて、できるだけ強く押した。女は、それでも目を覚まさぬ。おそらく、もう陰部については、何の感覚もないくらい男に慣れてしまっているのだ。何千人の男と寝た女！　予はますますイライラしてきた。そして、いっそう強く手を入れた。ついに手は手首まで入った。「うーう」と言って、女はそのとき目を覚ました。そして、いきなり予に抱きついた。「あーあーあ、嬉しい！

もっと、もっとーもっと、あーあーあ！」18にして、すでに普通の刺激では何の面白みも感じなくなっている女！　予は、その手を、女の顔に塗ったくってやった。そして、両手なり足なりを入れて、その陰部を割いてやりたく思った。割いて、そうして女の死骸の血だらけになった闇の中に横だわっているところを幻になりと見たいと思った！　ああ、男には最も残酷な仕方によって、女を殺す権利がある！

4・借金魔・石川啄木の片鱗

11TH, SUNDAY.

Izen Yo wa Hito no Hômon wo yorokobu Otoko datta. Sitagatte, iti-do kita Hito ni wa kono tugi ni mo kite kureru yô ni, naru-beku Manzoku wo ataete kaesô to sita mono da. Nan to yû tumaranu koto wo sita mono da-rô！ Ima de wa Hito ni korarete mo sahodo uresiku mo nai. Uresii to omô no wa Kane no nai toki ni sore wo kasite kuresô na Yatu no kita toki bakari da.

【訳文】

以前、予は人の訪問を喜ぶ男だった。したがって、一度来た人にはこの次にも来てくれるように、なるべく満足を与えて帰そうとしたものだ。何というつまらぬことをしたものだろう！　今では人に来られても、さほど嬉しくもない。嬉しいと思うのは、金のないときに、それを貸してくれそうな奴の来たときばかりだ。

この後「しかし、予はなるべく借りたくない」と続くのだが、啄木は26年の生涯で現在に換算して1500万円ほどの借金をし、金田一京助をはじめ友人や知人に頻繁にお金をせびっていた。

5・母からの手紙を受け取って……

13TH, TUESDAY.

Oitaru Haha kara kanashiki Tegami ga kita——

（中略。啄木の母カツからの手紙は近況報告と、いつ東京に呼んでくれるのか、それと送金の催促という内容であった）

Yobo-yobo shita Hira-gana no, Kana-chigai darake na Haha no Tegami ! Yo de nakereba nan-pito to iedomo kono Tegami wo yomi uru Hito wa aru mai !（中略）

Sô da ! 30kwai gurai no Shimbun Shôsetu wo kakô. Sore nara aruiwa Angwai hayaku Kane ni naru ka mo shirenai !

Atama ga matomaranai. Densha no Kippu ga iti-mai shika nai. Tô-tô Kyô wa Sha wo yasumu koto ni shita.

Kashihon-ya ga kita keredo, 6sen no Kane ga nakatta.

【訳文】

老いたる母から悲しき手紙が来た——。（中略）

ヨボヨボした平仮名の、仮名違いだらけな母の手紙！　予でなければ何人《なんぴと》といえども、この手紙を読み得る人はあるまい！（中略）

そうだ！　30回ぐらいの新聞小説を書こう。それならあるいは、案外早く金になるかもしれない！

頭がまとまらない。電車の切符が１枚しかない。とうとう今日は社を休むことにした。

貸本屋が来たけれど、６銭の金がなかった。

母から手紙で送金を頼まれるものの、６銭の金さえなかった啄木。それなのに会社を休んでしまう。ちなみに日記によると、翌日と翌々日（14日と15日）も欠勤したという。

6・なぜ啄木は浮気を繰り返すのか？

15TH, THURSDAY.

Setsu-ko wa Makoto ni Zenryô na Onna da. Sekai no doko ni anna Zenryô na, yasashii, soshite Shikkari shita Onna ga aru ka ? Yo wa Tsuma to shite Setsu-ko yori yoki Onna wo mochi-uru to wa dôshite mo kangaeru koto ga dekinu. Yo wa Setsu-ko igwai no Onna wo koishii to omotta koto wa aru : hoka no Onna to nete mitai to omotta koto mo aru : Gen ni Setsu-ko to nete-i-nagara sô omotta koto mo aru. Soshite Yo wa neta——hoka no Onna to neta. Shikashi sore wa Setsu-ko to nan no Kwankei ga aru ? Yo wa Setsu-ko ni Fumanzoku datta no de wa nai : Hito no Yokubô ga Tanichi de nai dake da.

【訳文】

節子は、誠に善良な女だ。世界のどこにあんな善良な、やさしい、そしてしっかりした女があるか？　予は妻として、節子よりよき女を持ち得るとは、どうしても考えることができぬ。予は、節子以外の女を恋しいと思ったことはある。ほかの女と寝てみたいと思ったこともある。現に、節子と寝ていながら、そう思ったこともある。そして、予は寝た——ほかの女と寝た。しかし、それは節子と何の関係がある？　予は、節子に不満足だったのではない。人の欲望が単一でないだけだ。

7・エロ本写しに没頭して会社をサボる

16TH, FRIDAY.

Nan to yû Baka na koto darô！ Yo wa Sakuya, Ka-shihon-ya kara karita Tokugawa-jidai no Kôshokubon " Hana no Oboroyo " wo 3ji goro made Chomen ni utsushita――ah, Yo wa！ Yo wa sono hageshiki Tanoshimi wo motomuru Kokoro wo seishi kaneta！（中略）

Yo wa Sakuya no Tsuzuki ' Hana no Oboroyo ' wo utsushite, Sha wo yasunda.（中略）

Kakute, Yoru, Yo wa nani wo shita ka？" Hana no Oboroyo "！

【訳文】

何というバカなことだろう！　予は昨夜、貸本屋から借りた徳川時代の好色本「花の朧夜《おぼろよ》」を3時ごろまで帳面に写した――ああ、予は！　予はその激しき楽しみを求むる心を制しかねた！（中略）

予は昨夜の続き、「花の朧夜」を写して、社を休んだ。（中略）

かくて、夜、予は何をしたか？　「花の朧夜」！

8・給料が入るなり吉原へ繰り出す

25TH, SUNDAY.

Sha ni itte Gekkyû wo uketotta. Genkin shichi-yen to 18yen no Zenshaku-shô. Sengetsu wa 25 yen no Kao wo mita dake de Satô san ni kaeshite shimai, kekkyoku I mon mo motte kaeru koto ga dekinakatta ga……（中略）

Sakamoto-yuki no Norikae-kippu wo kirasete Yoshiwara e itta. Kindaichi kun ni wa ni-dome ka san-dome da ga, Yo wa umarete hajimete kono Fuyajô ni Ashi wo ireta. Shikashi omotta yori hiroku mo naku, tamageru hodo no koto mo nakatta. Kuruwa no naka wo hito-meguri mawatta. Sasuga ni utsukushii ni wa utsukushii.（中略）

" Nan desu nê, Asakusa wa, iwaba, Tan ni Nikuyoku no Manzoku wo uru tokoro da kara, Aite ga tsumari wa donna Yatsu de mo kamawanai ga, Yoshiwara nara Boku wa yahari utsukushii Onna to netai. Asoko ni wa Rekishiteki Rensô ga aru, ittai ga Bijutsu-teki da .... Kwabi wo tsukushita Heya no naka de, moetatsu yô na Momi-ura no, neru to Karada ga shizumu yô na Futon ni nete, Rantô Kage komayaka naru tokoro, Hyôbyô taru Kimochi kara fu' to Me wo aku to, Makura-moto ni utsukushii Onna ga Gyôgi yoku suwatte iru .... ii ja ari-masenka ? "

【訳文】

社に行って月給を受け取った。現金7円と18円の前借証。

先月は25円の顔を見ただけで佐藤さんに返してしまい、結局1文も持って帰ることができなかったが……。（中略）

坂本行きの乗換切符を切らせて吉原へ行った。金田一君には2度目か3度目だが、予は生まれて初めて、この不夜城に足を入れた。しかし、思ったより広くもなく、たまげるほどのこともなかった。廓《くるわ》の中を一巡り回った。さすがに美しいには美しい。（中略）

「なんですねえ、浅草は、いわば、単に肉欲の満足を得るところだから、相手がつまりはどんな奴でも構わないが、吉原なら僕はやはり美しい女と寝たい。あそこには歴史的連想がある。一帯が美術的だ。……華美を尽した部屋の中で、燃え立つような紅絹裏《もみうら》の、寝ると身体が沈むような布団に寝て、蘭灯影《らんとうかげ》こまやかなる所、縹《ひょう》渺《びょう》たる気持ちからふと目を開くと、枕元に美しい女が行儀よく座っている……いいじゃありませんか？」

「佐藤さん」とは東京朝日新聞編集長の佐藤真一のこと。啄木の同郷の先輩で、何かと啄木によくしてくれた恩人でもある。日記にも頻繁に「佐藤さん」「佐藤氏」と出てくる。ただし、前借を重ねた結果25円の前借証だけで終わった月もあったらしい。また、「金田一君」とは金田一京助のこと。

９・連日の遊郭通い。浅草で遊女を買うも……

26TH, MONDAY.

Sha kara kaette kite Meshi wo kutte iru to Kindaichi kun ga kita. Yahari Benkyô shitaku nai Ban da to yû.

"Konya dake asobô ! "

Soshite futari wa 8 ji goro Uchi wo dete, doko e ikô to mo iwazu ni Asakusa e itta.（中略）

' Shinmatsu-midori ! '　Sore wa itsu ka Kitahara to haitte Sake wo nonda tokoro da.　Futari wa 10ji han goro ni soko e haitta.　Tamako to yû Onna wa Yo no Kao ni Mioboe ga aru to itta.　Utsukushikute, soshite Hin no aru（Kotoba mo）Onna da.　Sono Onna ga shikiri ni sono Kyôgû ni tsuite no Fuhei to Okami no hidoi koto to,　Jibun no Mi no ue to wo katatta.（中略）

Iya na Okami ga kita.　Yo wa 2 yen dashita.　Soshite Rinshitsu ni itte Oen to yû Onna to 5 fun-kan bakari neta.（中略）

Kaette kite Mon wo tataku toki, Yo wa Jibun no Mune wo tataite iya na Oto wo kikuyô na Ki ga shita.

【訳文】

社から帰ってきて飯を食っていると、金田一君が来た。やはり勉強したくない晩だという。

「今夜だけ遊ぼう！」

そして2人は8時ごろ家を出て、どこへ行こうとも言わずに浅草へ行った。（中略）

「新松緑！」それはいつか北原と入って酒を飲んだところだ。2人は10時半ごろに、そこへ入った。玉子という女は予の顔に見覚えがあると言った。美しくて、そして品のある（言葉も）女だ。その女がしきりにその境遇についての不平と女将《おかみ》のひどいことと、自分の身の上とを語った。（中略）

イヤな女将が来た。予は2円出した。そして隣室に行って、おえんという女と5分間ばかり寝た。（中略）

帰ってきて門を叩くとき、予は自分の胸を叩いてイヤな音を聞くような気がした。

「北原」とは詩人・北原白秋のこと。啄木とは友人関係にあった。なお、啄木は3年後の1912年に肺結核で死去するが、10代のころにはすでに肺を病んでいた。

10・「女に金と時間を使うのはやめる」と決意

27TH, TUESDAY.

Sakuya no koto ga tsumabiraka ni omoidasareta. Yo ga O-en to yû Onna to neta no mo Jijitsu da : sono toki nan no Yukwai wo mo kanjinak-atta no mo Jijitsu da. Futatabi Yo ga ano Heya ni haitte itta toki Tama-chan no hô ni kasuka ni Kurenai wo chô-shite ita no mo Jijitsu da. Soshite Kindaichi kun ga kaeri no Michisugara, tsui ni ano Onna to nezu, tada umarete hajimete Onna to Kiss shita dake da to itta no mo Jijitsu da. Sono Michisugara, Yo wa Hijô ni yotta yô na Furi wo shite, osoi-kuru osoroshii Kanashimi kara nigete ita no mo Jijitsu nareba, sono Kokoro no Soko no narubeku Te wo furezu ni sô' to shite okitakatta Kanashimi ga, 3 yen no Kane wo munashiku tsukatta to yû koto de atta no mo Jijitsu da.

Soshite Kesa yo wa, Kongo kesshite Onna no tame ni Kane to Jikan to wo tsuiyasu-mai to omotta. Tsumari Kamen da.

【訳文】

昨夜のことがつまびらかに思い出された。予がおえんという女と寝たのも事実だ。そのとき何の愉快をも感じなかったのも事実だ。再び予があの部屋に入っていったとき、玉ちゃんの頬に微かに紅を潮《ちょう》していたのも事実だ。そして金田一君が帰りの道すがら、ついにあの女と寝ず、ただ生まれて初めて女とキスしただけだと言ったのも事実だ。その道すがら、予は非常に酔ったようなふりをして、襲いくる恐ろしい悲しみから逃げていたのも事実ならば、その心の底のなるべく手を触れずにそっとしておきたかった悲しみが、3円の金をむなしく使ったということであったのも事実だ。

そして今朝、予は、今後決して、女のために金と時間とを費やすまいと思った。つまり仮面だ。

ところが日記によると、この日の夜、金田一京助に呼び出されて結局、芸者のいる席に出かけていったという。

11・月給の前借に失敗

28TH, WEDNESDAY.

Hayaku okite, Azabu Kasumichô ni Satô-shi wo tazune, Raigetsu-bun no Gekkyû Zenshaku no koto wo tanonda. Kongetsu wa dame da kara Raigetsu no hajime made matte kure to no koto de atta. Densha no Ôhuku, doko mo kashiko mo Wakaba no iro ga Me wo iru. Natsu da !

Sha ni itte nan no kawatta koto nashi. Sakuya Saigo no ichi-yen wo Fui no Enkwai ni tsukatte shimatte, Kyô wa mata Saifu no naka ni hishageta 5 rin Dôkwa ga ichi-mai. Asu no Densha-chin mo nai.

【訳文】

早く起きて、麻布霞町に佐藤氏を訪ね、来月分の月給前借のことを頼んだ。今月はダメだから、来月の初めまで待ってくれとのことであった。電車の往復、どこもかしこも若葉の色が眼を射る。夏だ！

社に行って何の変わったことなし。昨夜、最後の１円を不意の宴会に使ってしまって、今日はまた財布の中にひしゃげた５厘銅貨が１枚。明日の電車賃もない。

なお日記によると、翌29日は会社を休んだという。

12・下宿先からの支払い催促を拒否

30TH, FRYDAY.

Kyô wa Sha ni itte mo Tabako-dai ga haraenu.　Zenshaku wa Asu ni naranakute wa Dame da.　Uchi ni iru to Misoka da kara Shita kara no Danpan ga kowai.　Dô shiyô ka to mayotta sue, yahari yasumu koto ni shita.（中略）

Yoru ni naru to hatashite Saisoku ga kita. Asu no Ban made mataseru koto ni suru.

9 ji goro Kindaichi kun ga 2 yen 50 sen kashite kureta.　Sono toki kara Kyô ga satta.　Nete, Makura no ue de, Futabatei yaku no Turgenef no " Rudin " wo yomu.

Fukai Kangai wo idaite nemutta.

【訳文】

今日は社に行っても煙草代が払えぬ。前借は明日にならなくてはダメだ。家にいると晦日《みそか》だから下からの談判が怖い。どうしようかと迷った末、やはり休むことにした。（中略）

夜になると、はたして催促が来た。明日の晩まで待たせることにする。

9時ごろ、金田一君が2円50銭貸してくれた。そのときから興が去った。寝て、枕の上で、二葉亭《ふたばてい》訳のツルゲーネフの「ルーヂン」を読む。

深い感慨を抱いて眠った。

啄木は肺を病んではいたが煙草好きだった。下宿代が滞りがちなようで、日記には下宿先の女中からあまり快く思われていない描写が散見できる。ちなみに「二葉亭」とは文豪・二葉亭四迷《しめい》のこと。二葉亭四迷はこの翌月に亡くなり、翌1910年に朝日新聞社から全集が出版されるが、啄木はこの校閲を担当することになる。

13・月給を前借するなり浅草に遊女を買いに行く

MAY.　TOKYO.　1 TH, SATURDAY.

Zenshaku wa Shubi yoku itte 25 yen karita.　Kongetsu wa kore de mô toru tokoro ga nai.　Sengetsu no Tabako-dai 160 sen wo haratta.（中略）

" Iku na !　iku na ! " to omoi nagara Ashi wa Senzoku-machi e mukatta.

Hitachi-ya no mae wo so' to sugite, Kinkwatei to yû atarashii Kado no Uchi no mae e yuku to Shiroi Te ga Kôshi no aida kara dete Yo no Sode wo toraeta.　Fura-fura to shite haitta.

" Ah !　sono Onna wa !　Na wa Hana-ko.　Toshi wa 17. Hitome mite Yo wa sugu sô omotta :

" Ah !　Koyakko da !　Koyakko wo futatsu mitsu wakakushita Kao da ! "（中略）

Kasuka na Akari ni ji' to Onna no Kao wo miru to, marui, shiroi, Koyakko sono mama no Kao ga usu-kurai naka ni pô' to ukande mieru.

Yo wa Me mo hosoku naru hodo uttori to shita Kokochi ni natte shimatta.

" Koyakko ni nita, jitsu ni nita ! " to, ikutabi ka onaji Koto bakari Yo no Kokoro wa sasayaita.

"Ah ! konna ni Kami ga kowareta.　Iya yo, sonna ni Watashi no Kao bakari michâ ! " to Onna wa itta.

Wakai Onna no Hada wa torokeru bakari atatakai.　Rinshitsu no Tokei wa kata'-kata' to natte iru.

【訳文】

前借は首尾よく行って25円借りた。今月はこれでもう取るところがない。先月の煙草代1円60銭を払った。（中略）

「行くな！　行くな！」と思いながら足は千束町へ向かった。ひたち屋の前をそっと過ぎて、きんか亭という新しい角の家の前へ行くと、白い手が格子のあいだから出て予の袖《そで》を捉えた。フラフラとして入った。

ああ！　その女は！　名は花子。年は17。一目見て、予はすぐそう思った。

「ああ！　小奴《こやっこ》だ！　小奴を2つ3つ若くした顔だ！」（中略）

微かな明りにジッと女の顔を見ると、丸い、白い、小奴そのままの顔が薄暗い中にポッと浮かんで見える。

予は目も細くなるほど、うっとりとした心地になってしまった。

「小奴に似た、実に似た！」と、幾度か同じことばかり予の心はささやいた。

「ああ、こんなに髪が壊れた。イヤよ、そんなに私の顔ばかり見ちゃ！」と女は言った。

若い女の肌はとろけるばかり温かい。隣室の時計はカタッカタッと鳴っている。

14・元愛人に似た遊女（17）と2回戦

MAY.　TOKYO.　1 TH, SATURDAY.（続き）

Soshite shibaraku tatsu to, Onna wa mata, " Iya yo, sonna ni Atashi no Kao bakari michâ."

" Yoku niteru."

" Donata ni ? "

" Ore no Imôto ni."

" Ma, ureshii ! " to itte Hana-ko wa Yo no Mune ni Kao wo uzumeta.

Fushigi na Ban de atta.　Yo wa ima made iku-tabi ka Onna to neta. Shikashi nagara Yo no Kokoro wa itsu mo nani mono ka ni ottaterarete iru yô de, ira-ira shite ita, Jibun de Jibun wo azawaratte ita.　Konya no yô ni Me mo hosoku naru yô na uttori to shita, Hyôbyô to shita Kimochi no shita koto wa nai.　Yo wa nani goto wo mo kangaenakatta : tada uttori to shite, Onna no Hada no Atatakasa ni Jibun no Karada made attamatte kuru yô ni oboeta.　Soshite mata, chikagoro wa itazura ni Fuyukwai no Kan wo nokosu ni suginu Kôsetsu ga, kono Ban wa 2 do tomo kokoro-yoku nomi sugita.　Soshite Yo wa ato made mo nan no Iya na Kimochi wo nokosanakatta.

【訳文】


そしてしばらく経つと、女はまた、「いやよ、そんなに私の顔ばかり見ちゃ」

「よく似てる」

「どなたに？」

「俺の妹に」

「ま、うれしい！」と言って、花子は予の胸に顔を埋めた。

　不思議な晩であった。予は今まで幾度か女と寝た。しかしながら、予の心はいつも何ものかに追っ立てられているようで、イライラしていた。自分で自分をあざ笑っていた。今夜のように目も細くなるようなうっとりとした、縹渺とした気持ちのしたことはない。

　予は何事をも考えなかった。ただうっとりとして、女の肌の温かさに自分の身体まで温まってくるように覚えた。そしてまた、近ごろはいたずらに不愉快の感を残すに過ぎぬ交接が、この晩は2度とも快く飲み過ぎた。そして予は、あとまでも何の厭《いや》な気持ちを残さなかった。


「小奴」とは啄木が釧路にいたころ馴染みだった芸妓で、諸説あるが愛人だったとも言われる。また、啄木は妹思いで、日記にも唯一の妹ミツへの深い思いを書いている。

15・同郷の後輩を世話して月給を使い切る

2TJ50

H, SUNDAY.

9 ji goro de atta : Chiisai Jochû ga kite, " Iwamoto san to yû kata ga oide ni narimashita." to yû. Iwamoto ! Hate na ?

Okite Toko wo agete, yobiireru to hatashite sore wa Shibutami no Yakuba no Joyaku no Musuko——Minoru kun de atta. Yado wo onashiku shita to yû Tokushima-ken umare no ichi-Seinen wo tsurete kita.（中略）

"Yado-ya no hô wa dô shite arun desu ? Itsu demo derare masuka ? "

" Derare masu. Yûbe haratte shimattan desu. .... Kyô wa zehi dô ka suru tsumori dattan desu."

" Sore jâ to-ni-kaku dokka Geshuku wo sagasanakute wa naran."（中略）

10 ji han goro Yo wa futari wo tsurete dekaketa. Soshite hôbô sagashita ue de, 弓町二ノ八 豊嶋館 to yû Geshuku wo mitsuke, 6 jô hitoma ni futari, 8 yen 50 sen zutsu no Yakusoku wo kime, Tetsuke to shite Yo wa ichi-en dake O-kami ni watashita.（中略）

Yo no Saifu wa Kara ni natta.

【訳文】

9時ごろであった。小さい女中が来て「岩本さんという方がおいでになりました」と言う。岩本！　はてな？

起きて床を上げて呼び入れると、はたしてそれは渋民《しぶたみ》の役場の助役の息子――実君であった。宿を同しくしたという徳島県生まれの一青年（清水茂八）を連れてきた。（中略）

「宿屋のほうはどうしてあるんです？　いつでも出られますか？」

「出られます。昨夜《ゆうべ》払ってしまったんです……今日はぜひどうかするつもりだったんです」

「それじゃ、とにかくどっか下宿を探さなくてはならん」（中略）

10時半ごろ、予は2人を連れて出かけた。そして方々探した上で、弓町2ノ8、豊嶋館という下宿を見つけ、6畳1間に2人、8円50銭ずつの約束を決め、手付として予は1円だけ女将に渡した。（中略）

予の財布は空《から》になった。

渋民とは現在の盛岡市渋民。この日の日記では、冒頭で下宿へのツケを「20円だけやった」という。こうして昨日、前借した月給はたった2日でなくなった。

16・今日も休む

3 TH, MANDAY.

Sha ni wa Byôki-todoke wo yatte, ichi-nichi nete kurashita.

4 TH, TUESDAY.

Kyô mo yasumu.

5 TH, WEDNESDAY.

Kyô mo yasumu.

6 TH, THURSDAY.

Kyô mo yasumu.

7 TH, FRIDAY.

Hanashi bakari sakae, sore ni Tenki ga yoku nai no de, Fude wa susumanakatta.　Sore demo " 宿屋 " wo 10 mai bakari, so re kara " 一握の砂 " to yû no wo Betsu ni kaki-dashita.

【訳文】

社には病気届をやって、一日寝て暮らした。

今日も休む（×3）。

話ばかり栄え、それに天気がよくないので、筆は進まなかった。それでも「宿屋」を10枚ばかり、それから『一握の砂』というのを別に書き出した。

３日～６日は、寝るか、人と会うか、書いてやめるか……の繰り返しである。それでも、7日には『一握の砂』の題名が、この日記で初めて登場する。

17・ついには1週間休んだ挙句に自傷行為

8TH. SATURDAY.――13 TH. THURSDAY.

Kono muika-kan Yo wa nani wo shita ka ?　Kono koto wa tsui ni ikura asette mo Genzai wo buchi-kowasu koto no dekinu wo Shômei shita ni suginu.（中略）

Sha no hô wa Byôki no koto ni shite yasunde iru.　Katô-shi kara deru yô ni itte kita no ni mo Hara ga warui to yû Tegami wo yatta.（中略）

Aru ban, dô sureba ii no ka, kyû ni Me no mae ga Makkura ni natta. Sha ni deta tokoro de Shiyô ga naku, Sha wo yasunde ita tokoro de dô mo naranu.　Yo wa Kindaichi kun kara karite kiteru Kamisori de Mune ni Kizu wo tsuke, sore wo Kôjitsu ni Sha wo I ka-getsu mo yasunde, Jibun no issai wo yoku kangae yô to omotta. Soshite Hidari no Chi no shita wo kirô to omotta ga, itakute kirenu: kasuka na Kizu ga futatsu ka mitsu tsuita.（中略）

Kono mama Tokyô wo nige-dasô to omotta koto mo atta.　Inaka e itte yôsan de mo yari tai to omotta koto mo atta.

【訳文】

この6日間、予は何をしたか？　このことは、ついにいくら焦っても、現在をぶち壊すことのできぬを証明したに過ぎぬ。（中略）

社のほうは、病気のことにして休んでいる。加藤氏（加藤四郎。東京朝日新聞の校正係主任。啄木の上司）から出るように言ってきたのにも、腹が悪いという手紙をやった。（中略）

ある晩、どうすればいいのか、急に眼の前が真っ暗になった。社に出たところで仕様がなく、社を休んでいたところでどうもならぬ。予は金田一君から借りてきてる剃刀《かみそり》で胸に傷をつけ、それを口実に社を１カ月も休んで、そして自分の一切をよく考えようと思った。そして左の乳《ち》の下を斬ろうと思ったが、痛くて斬れぬ。微かな傷が2つか3つついた。（中略）

このまま東京を逃げ出そうと思ったこともあった。田舎へ行って養蚕《ようさん》でもやりたいと思ったこともあった。

18・一生を文学に捧げられないと悟る

16TH, SUNDAY.

Sha ni mo ikazu, nani mo shinai. Tabako ga nakatta. Tsukunen to shite mata Inaka-yuki no koto wo kangaeta. Kuni no Shimbun wo dashite mite iro-iro to Chihô-shimbun no Henshû no koto wo kangaeta.

Yûgata Kindaichi kun ni Genzai no Yo no Kokoro wo katatta. "Yo wa Tokwai Seikwatsu ni tekishi nai." to yû koto da. Yo wa majime ni Inaka-yuki no koto wo katatta.

Tomo wa naite kureta.

Inaka! Inaka! Yo no Hone wo uzumu beki tokoro wa soko da. Ore wa Tokwai no hagesii Seikwatsu ni tekishite inai. Isshô wo Bungaku ni ! Sore wa dekinu. Yatte dekinu koto de wa nai ga, Yô suru ni Bungakusha no Seikwatsu nado wa Kûkyo na mono ni suginu.

【訳文】

社にも行かず、何もしない。煙草がなかった。つくねんとして、また田舎行きのことを考えた。国の新聞を出してみて、いろいろと地方新聞の編集のことを考えた。

夕方、金田一君に現在の予の心を語った。「予は都会生活に適しない」ということだ。予は真面目に田舎行きのことを語った。

友は泣いてくれた。

田舎！　田舎！　予の骨を埋むべきところはそこだ。俺は都会の激しい生活に適していない。一生を文学に！　それはできぬ。やってできぬことではないが、要するに文学者の生活などは、空虚なものに過ぎぬ。

もちろん、翌17日の日記にも「休む」。以降、日記は5月31日まで飛ぶ。

19・いきなり2週間後に飛ぶ日記

31TH, MONDAY.

Ni-shûkan no aida, hotondo nasu koto mo naku sugoshita. Sha wo yasunde ita.（中略）

" Iwate Nippô " e, " Ijaku Tûshin " 5 kwai hodo kaite yatta. Sore wa Morioka-jin no Nemuri wo samasu no ga Mokuteki de atta. Hankyô wa arawareta. " Nippô " wa " Morioka Hanei-Saku " wo dashi hajimeta.

Shikei wo matsu yô na Kimochi ! Sô Yo wa itta. Soshite mainichi Doitsu-go wo yatta. Betsu ni, iro-iro Kuhû shite, Chihô-shimbun no Hinagata wo tsukutte mita. Jissai, Chihô no Shimbun e yuku no ga ichiban ii yô ni omowareta. Muron sono tame ni wa Bungaku wo sutete shimau no da.（中略）

Kono Yo Kindaichi kun no Kao no aware ni mietattara nakatta.

【訳文】

２週間のあいだ、ほとんど為《な》すこともなく過ごした。社を休んでいた。（中略）

「岩手日報」へ「胃弱通信」５回ほど書いてやった。それは盛岡人の眠りをさますのが目的であった。反響は表れた。「日報」は「盛岡繁栄策」を出し始めた。

死刑を待つような気持ち！　そう、予は言った。そして毎日、独逸《ドイツ》語をやった。別に、いろいろ工夫して、地方新聞の雛形を作ってみた。実際、地方の新聞へ行くのが一番いいように思われた。無論そのためには文学を棄ててしまうのだ。（中略）

この夜、金田一君の顔の憐れに見えたったらなかつた。

啄木のために金を貸し、下宿を用意して、精神的な支えにもなっていた金田一京助からしたら、啄木の「文学を棄てる」という決意は本当に残念であったろう。

20・最後まで啄木は、啄木らしく――

JUNE.　TOKYO.　1 _TH TUESDAY.

Gogo, Iwamoto ni Tegami wo motashite yatte, Sha kara Kongetsu-bun 25 yen wo Maegari shita.　Tadashi 5 yen wa Satô shi ni haratta no de Tedori 20 yen.

lwamoto no Yado ni itte, Shimizu to futari bun Sengetsu no Geshukuryô (6 yen dake irete atta.) 13 yen bakari harai, sore kara futari de Asakusa ni iki, Kwatsudô Shashin wo mite kara Seiyôryôri wo kutta. Soshite Kozukai 1 yen kurete lwamoto ni wakareta.

Sore kara, nan to ka yû wakai kodomorashii Onna to neta.　Sono tsugi ni wa Itsuka itte neta Koyakko ni nita Onna――Hana――no toko e yuki, Hen na Uchi e Obâsan to itta. Obâsan wa mô 69 da to ka itta. Yagate Hana ga kita.　Neta.　Naze ka kono Onna to neru to tanoshii.

10 ji goro Kaetta.　Zasshi wo 5,6 satsu katte kita.　Nokoru tokoro 40 sen.

【訳文】

午後、岩本に手紙を持たしてやって、社から今月分25円を前借りした。ただし、5円は佐藤氏に払ったので手取り20円。

岩本の宿に行って、清水と2人分先月の下宿料（6円だけ入れてあった）13円ばかり払い、それから2人で浅草に行き活動写真を見てから西洋料理を食った。そして小遣い1円くれて岩本に別れた。

それから何とかいう若い子供らしい女と寝た。その次には、いつか行って寝た小奴に似た女――花――のとこへ行き、変な家へおばあさんと行った。おばあさんはもう69だとか言った。やがて花が来た。寝た。なぜか、この女と寝ると楽しい。

10時ごろ帰った。雑誌を5、6冊買ってきた。残るところ40銭。

日記自体はこの日で終わる。その後「二十日間（床屋の二階に移るの記）」という追記によると、啄木は6月15日に「蓋平館」を出て、同じ本郷区の床屋「喜之床《きのとこ》」の2階に移ったという。この新居で翌16日の朝、妻子と母を迎え入れることになる。

第3章

夏目漱石の厭世語録

エリート出身の大文豪が綴る憂鬱な呟き

夏目漱石（1867～1916）

名作揃いのキャリアと、神経衰弱に始まる病歴

夏目漱石の本名は夏目金之助と言う。夏目家は江戸の名主だったが、明治維新の混乱期にあって養子に出されたり、天然痘を発症して顔にあばたが残ってしまうなど、子供時代の気苦労は多かった。幼少期から頭がよく、12歳で府立一中（現都立日比谷高校）に入学。

１８８４年、大学予備門にも合格し、将来の友となる正岡子規と出会う。苦学の末、帝国大学英文科に合格。が、このころから近親者が相次いで亡くなったことも影響してか、厭世主義となり、神経衰弱に陥ってしまう。

英語の成績が抜群によかった漱石は、１８９３年に帝大を卒業すると、高等師範学校で英語教師の職を得る。１８９６年、中根重一の長女・鏡子と結婚する　なお、現在では「ヒステリックな悪妻」として知られる鏡子だが、逆に漱石も神経症の悪化により、今でいう「ドメスティック・バイオレンスの常習犯」であった。似た者同士であったとも言える。

当時の文部省からイギリス留学を命じられ、ロンドンに暮らすようになると、ますます神経症が悪化。１９０３年の帰国後は、東京帝国大学と第一高校の英語講師となるが、帝大の学生たちからは前任者だった小泉八雲の留任運動を起こされ、一高では漱石が叱責した生徒

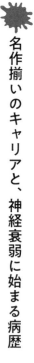

が数日後に華厳《けごん》の滝で入水自殺を果たすなどしたため、神経衰弱の傾向がピークに達する。その症状を和らげる気分転換のために書いた処女作が『吾輩は猫である』だった。37歳の遅いデビューを果たすと、その後の成功により、1907年、一切の教職を辞して本格的に職業作家となり、多くの門弟を取りつつ、代表作を次々と発表。

一方、相変わらず神経症にも悩まされ、さらに胃痛から胃潰瘍《いかいよう》となってしまう。以後、痔、糖尿病、ノイローゼ、リウマチと、漱石は複数の病気につきまとわれることとなる。病苦から漱石を解放したのは、1916年、胃潰瘍による自身の死であった。49歳。

多くの名作が今日でも語り継がれる漱石だが、作家生活は10年程度だ。そして、洒脱《しゃだつ》でユーモアに満ちている漱石の「厭世名言」の裏には、作家生活の全期間にわたって病気で苦しめられていた夏目金之助がいたのである。次ページから60ほどの名言を紹介するが、そのうちの幾つかは、文豪としての漱石ではなく、人間としての金之助の肉声かもしれない。

亡くなる前年（1915年）の漱石。若いころは当時は不治の病だった結核の兆候が見られたこともあった。まだ50歳にもなっていなかったが、様々な病が心身を蝕んでいた。

1・「私は淋しい人間です」～自分に向けられた小さな破滅願望

「私は淋しい人間です」と先生はその晩またこの間の言葉を繰り返した。

「私は淋しい人間ですが、ことによるとあなたも淋しい人間じゃないですか。私は淋しくっても年を取っているから、動かずにいられるが、若いあなたはそうは行かないのでしょう。動けるだけ動きたいのでしょう。動いて何かに打《ぶ》つかりたいのでしょう……」

『こころ』

先生が私に示した時々の素気《そっけ》ない挨拶や冷淡に見える動作は、私を遠ざけようとする不快の表現ではなかったのである。傷《いた》ましい先生は、自分に近づこうとする人間に、近づくほどの価値のないものだから止《よ》せという警告を与えたのである。他《ひと》の懐かしみに応じない先生は、他《ひと》を軽蔑する前に、まず自分を軽蔑していたものとみえる。

『こころ』

「とにかくあまり私を信用してはいけませんよ。今に後悔するから。そうして自分が欺《あざむ》かれた返報に、残酷な復讐《ふくしゅう》をするようになるものだから」

「そりゃどういう意味ですか」

「かつてはその人の膝《ひざ》の前に跪《ひざまず》いたという記憶が、今度はその人の頭の上に足を載せさせようとするのです。私は未来の侮辱を受けないために、今の尊敬を斥《しりぞ》けたいと思うのです。私は今より一層淋しい未来の私を我慢する代りに、淋しい今の私を我慢したいのです。自由と独立と己《おの》れとに充《み》ちた現代に生れた我々は、その犠牲としてみんなこの淋しみを味わわなくてはならないでしょう」


『こころ』


「じゃ奥さんも信用なさらないんですか」と先生に聞いた。

先生は少し不安な顔をした。

そうして直接の答えを避けた。

「私は私自身さえ信用していないのです。つまり自分で自分が信用できないから、人も信用できないようになっているのです。自分を呪うより外《ほか》に仕方がないのです」


『こころ』

私はその感じのために、知らない路傍《ろぼう》の人から鞭《むち》うたれたいとまで思った事もあります、こうした階段を段々経過して行くうちに、人に鞭うたれるよりも、自分で自分を鞭うつべきだという気になります。
自分で自分を鞭うつよりも、自分で自分を殺すべきだという考えが起ります。

『こころ』

すると夏の暑い盛りに明治天皇が崩御《ほうぎょ》になりました。
その時私は明治の精神が天皇に始まって天皇に終ったような気がしました。
最も強く明治の影響を受けた私どもが、その後に生き残っているのは必竟《ひっきょう》時勢遅れだという感じが烈《はげ》しく私の胸を打ちました。

『こころ』

白状すると僕は高等教育を受けた証拠として、今日《こんにち》まで自分の頭が他《ひと》より複雑に働らくのを自慢にしていた。
ところがいつかその働らきに疲れていた。

『彼岸過迄』

わざわざ人の厭がるようなことを云ったり、したりするんです。そうでもしなければ苦しくってたまらないんです。生きていられないのです。僕の存在を人に認めさせる事が出来ないんです。

僕は無能です。

幾ら人から軽蔑されても存分な讐討《かたきうち》ができないんです。

仕方がないからせめて人に嫌われてでもみようと思うのです。

『明暗』

2・「とかくに人の世は住みにくい」～人間社会への愚痴

到底人間として、生存する為には、人間から嫌われると云う運命に到達するに違いない。

『それから』

金を作るにも三角術を使わなくちゃいけないというのさ。
義理をかく、人情をかく、恥をかく、これで三角になるそうだ。

『吾輩は猫である』

滑稽の裏には真面目がくっついている。
大笑《たいしょう》の奥には熱涙《ねつるい》が潜んでいる。
雑談《じょうだん》の底には啾々《しゅうしゅう》たる鬼哭《きこく》が聞える。

『趣味の遺伝』

智《ち》に働けば角《かど》が立つ。

情《じょう》に棹《さお》させば流される。

意地を通せば窮屈《きゅうくつ》だ。

とかくに人の世は住みにくい。


『草枕』


春は眠くなる。

猫は鼠を捕る事を忘れ、人間は借金のある事を忘れる。

時には自分の魂《たましい》の居所さえ忘れて正体なくなる。


『草枕』


文明は個人に自由を与えて虎《とら》のごとく猛《たけ》からしめたる後、これを檻穽《かんせい》の内に投げ込んで、天下の平和を維持しつつある。この平和は真の平和ではない。

動物園の虎が見物人を睨めて、寝転んでいると同様な平和である。

檻《おり》の鉄棒が一本でも抜けたら――世はめちゃめちゃになる。


『草枕』

世に住むこと二十年にして、住むに甲斐ある世と知った。二十五年にして明暗は表裏《ひょうり》のごとく、日のあたる所にはきっと影がさすと悟った。三十の今日《こんにち》はこう思うている。――喜びの深きとき憂《うれい》いよいよ深く、楽《たの》しみの大いなるほど苦しみも大きい。これを切り放そうとすると身が持てぬ。片づけようとすれば世が立たぬ。金は大事だ、大事なものが殖《ふ》えれば寝る間も心配だろう。恋はうれしい、嬉しい恋が積もれば、恋をせぬ昔がかえって恋しかろ。閣僚の肩は数百万人の足を支えている。背中には重い天下がおぶさっている。うまい物も食わねば惜しい。少し食えば飽き足らぬ。存分食えばあとが不愉快だ。

『草枕』

汽車ほど二十世紀の文明を代表するものはあるまい。何百と云う人間を同じ箱へ詰めて轟《ごう》と通る。情け容赦はない。詰め込まれた人間は皆同程度の速力で、同一の停車場へとまってそうして、同様に蒸瀛《じょうき》の恩沢《おんたく》に浴さねばならぬ。人は汽車へ乗ると云う。余は積み込まれると云う。人は汽車で行くと云う。余は運搬されると云う。汽車ほど個性を軽蔑したものはない。文明はあらゆる限りの手段をつくして、個性を発達せしめたる後、あらゆる限りの方法によってこの個性を踏み付けようとする。

『草枕』

住みにくさが高《こう》じると、安いところへ引き越したくなる。
どこへ越しても住みにくいと悟った時、詩が生れて、画《え》ができる。

『草枕』

もし本当にあやまらせる気なら、本当に後悔するまで叩きつけなくてはいけない。

『坊っちゃん』

世の中には愉快でじっとしていられない結果を画にしたり、書にしたり、または文にしたりする人がある通り、不愉快だから、どうかして好い心持《こころもち》になりたいと思って、筆を執《と》って画なり文章なりを作る人もあります。

『私の個人主義』

権力と金力とは自分の個性を貧乏人より余計に、他人の上に押し被せるとか、または他人をその方面に誘《おび》き寄せるとかいう点において、大変便宜《べんぎ》な道具だと云わなければなりません。こういう力があるから、偉いようでいて、その実非常に危険なのです。

『私の個人主義』

もし人格のないものがむやみに個性を発展しようとすると、他《ひと》を妨害する、権力を用いようとすると、濫用《らんよう》に流れる、金力を使おうとすれば、社会の腐敗をもたらす。ずいぶん危険な現象を呈《てい》するに至るのです。

『私の個人主義』

学問は金《かね》に遠ざかる器械である。

『野分』

成功を目的にして人生の街頭に立つものはすべて山師《やまし》である。

『野分』

世の中に片付くなんてものは殆《ほとん》どありゃしない。一遍起った事は何時までも続くのさ。ただ色々な形に変るから、他《ひと》にも自分にも解らなくなるだけの事さ。

『道草』

３・「死とはあまりに無能である」～シニカルすぎる死生観

「私は風邪ぐらいなら我慢しますが、それ以上の病気は真平《まっぴら》です。先生だって同じ事でしょう。試みにやってご覧になるとよく解ります」

「そうかね。私は病気になるくらいなら、死病に罹《かか》りたいと思ってる」

『こころ』

私は死ぬまでそれを忘れる事ができないんだから。

しかし私はまだ復讐をしずにいる。

考えると私は個人に対する復讐以上の事を現にやっているんだ。

私は彼らを憎むばかりじゃない、彼らが代表している人間というものを、一般に憎む事を覚えたのだ。私はそれで沢山だと思う。

『こころ』

「子供はいつまで経ったってできっこないよ」と先生がいった。奥さんは黙っていた。「なぜです」と私が代りに聞いた時先生は「天罰だからさ」といって高く笑った。

『こころ』

私は忽然《こつぜん》と冷たくなったこの友達によって暗示された運命の恐ろしさを深く感じたのです。

『こころ』

すべての疑は身を捨てて始めて解決が出来る。只如何《ただどう》身を捨てるかが問題である。死？　死とはあまりに無能である。

『虞美人草』

所詮《しょせん》我々は自分で夢の間《ま》に製造した爆裂弾を、思い思いに抱《いだ》きながら、一人残らず、死という遠い所へ、談笑しつつ歩いて行くのではなかろうか。ただどんなものを抱《だ》いているのか、他《ひと》も知らず自分も知らないので、仕合せなんだろう。

『硝子戸の中《うち》』

およそ世の中に何が苦しいと云って所在のないほどの苦しみはない。
意識の内容に変化のないほどの苦しみはない。
使える身体《からだ》は目に見えぬ縄で縛られて動きのとれぬほどの苦しみはない。

『倫敦塔』

社会は修羅場《しゅらじょう》である。文明の社会は血を見ぬ修羅場である。
四十年前《ぜん》の志士は生死の間に出入《しゅつにゅう》して維新の大業を成就した。諸君の冒《おか》すべき危険は彼らの危険より恐ろしいかも知れぬ。血を見ぬ修羅場は砲声剣光の修羅場よりも、より深刻に、より悲惨である。諸君は覚悟をせねばならぬ。

『野分』

4・「恋は罪悪ですよ」～DV文豪の恋愛観・女性観

議論はいやよ。

よく男の方は議論だけなさるのね、面白そうに。

空《から》の盃《さかずき》でよくああ飽きずに献酬《けんしゅう》ができると思いますわ。


『こころ』


「君は今あの男と女を見て、冷評《ひやか》しましたね。あの冷評《ひやかし》のうちには君が恋を求めながら相手を得られないという不快の声が交《まじ》っていましょう」

「そんな風に聞こえましたか」

「聞こえました。恋の満足を味わっている人はもっと暖かい声を出すものです。しかし……しかし君、恋は罪悪ですよ。解っていますか」


『こころ』

「恋は罪悪ですか」と私がその時突然聞いた。

「罪悪です。たしかに」と答えた時の先生の語気は前と同じように強かった。

「なぜですか」

「なぜだか今に解ります。今にじゃない、もう解っているはずです。あなたの心はとっくの昔からすでに恋で動いているじゃありませんか」

『こころ』


女の涙に金剛石《ダイヤ》はほとんどない、たいていは皆ギヤマン細工だ。

『行人』


結婚をして一人の人間が二人になると、一人でいた時よりも人間の品格が堕落する場合が多い。

『行人』


「あたしはどうせ馬鹿だから理窟なんか解らないのよ」

『明暗』

「あたしはどうしても絶対に愛されてみたいの。比較なんか始めから嫌いなんだから」
お秀の顔に軽蔑の色が現われた。その奥には何という理解力に乏しい女だろうという意味がありありと見透かされた。お延はむらむらとした。

『明暗』

あの女の所作を芝居と見なければ、薄気味が悪くて一日も居たたまれん。

『草枕』

女はただ一人を相手にする芸当を心得ている。一人と一人と戦う時、勝つものは必ず女である。

『虞美人草』

男は女の不平を愚かなりとは思わず、情け深しと興がる。二人の世界は愛の世界である。愛はもっとも真面目なる遊戯である。遊戯なるが故に絶体絶命の時には必ず姿を隠す。愛に戯《たわ》むるる余裕のある人は至幸である。

『野分』

愛は真面目である。真面目であるから深い。同時に愛は遊戯である。遊戯であるから浮いている。深くして浮いているものは水底の藻《も》と青年の愛である。

『野分』

愛は迷《まよい》である。また悟りである。愛は天地万有をその中《うち》に吸収して刻下《こっか》に異様の生命を与える。故に迷である。愛の眼を放つとき、大千世界はことごとく黄金である。愛の心に映る宇宙は深き情けの宇宙である。故に愛は悟りである。しかして愛の空気を呼吸するものは迷とも悟とも知らぬ。ただおのずから人を引きまた人に引かる。自然は真空を忌《い》み愛は孤立を嫌う。

『野分』

愛に成功するものは必ず自己を善人と思う。愛に失敗するものもまた必ず自己を善人と思う。成敗《せいばい》に論なく、愛は一直線である。ただ愛の尺度をもって万事を律する。成功せる愛は同情を乗せて走る馬車馬《ばしゃうま》である。失敗せる愛は怨恨を乗せて走る馬車馬である。愛はもっともわがままなるものである。

『野分』

5・「慰められる人は、馬鹿にされる人である」～人間とは何か？

考えてみると世間の大部分の人はわるくなる事を奨励《しょうれい》している様に思う。わるくならなければ社会に成功しないものと信じているらしい。たまに正直な純粋な人を見ると、坊っちゃんだの小僧だのと難癖《なんくせ》をつけて軽蔑する。

『坊っちゃん』

自分の好きなものは必ずえらい人物になって、嫌いなひとはきっと落ち振れるものと信じている。

『坊っちゃん』

ナポレオンでも、アレキサンダーでも、勝って満足したものは一人もいないんだよ。

『吾輩は猫である』

人間の定義を云うと、ほかに何にもない。ただ入《い》らざることを捏造《ねつぞう》して自ら苦しんでいる者だと云えば、それで充分だ。

『吾輩は猫である』

人間はただ眼前の習慣に迷わされて、根本の原理を忘れるものだから気をつけないと駄目だ。

『吾輩は猫である』

呑気《のんき》と見える人々も、心の底を叩いて見ると、どこか悲しい音がする。

『吾輩は猫である』

「君は今、君の親戚なぞの中《うち》に、これといって、悪い人間はいないようだといいましたね。しかし悪い人間という一種の人間が世の中にあると君は思っているんですか。そんな鋳型《いかた》に入れたような悪人は世の中にあるはずがありませんよ。平生はみんな善人なんです。少なくともみんな普通の人間なんです。それが、いざという間際に、急に悪人に変るんだから恐ろしいのです。だから油断ができないんです」

『こころ』

「金さ君。金を見ると、どんな君子でもすぐ悪人になるのさ」

『こころ』

「さきほど先生のいわれた、人間は誰でもいざという間際に悪人になるんだという意味ですね。あれはどういう意味ですか」

「意味といって、深い意味もありません。——つまり事実なんですよ。理屈じゃないんだ」

『こころ』

世の中はしつこい、毒々しい、こせこせした、その上ずうずうしい、いやな奴で埋《うま》っている。元来何しに世の中へ面《つら》を曝《さら》しているんだか、解《げ》しかねる奴さえいる。しかもそんな面に限って大きいものだ。

浮世の風にあたる面積の多いのをもって、さも名誉のごとく心得ている。

『草枕』

慰さめられる人は、馬鹿にされる人である。

『虞美人草』

道徳に加勢する者は一時の勝利者には違ないが、永久の敗北者だ。
自然に従う者は、一時の敗北者だけれども、永久の勝利者だ。

『行人』

いやしくも倫理的に、ある程度の修養を積んだ人でなければ、個性を発展する価値もなし、
権力を使う価値もなし、また金力を使う価値もないという事になるのです。

『私の個人主義』

天下に、人間は殺しても殺し切れぬほどある。
しかしこの病を癒《なお》してくれるものは一人もない。
この病を癒してくれぬ以上は何千万人いるも、おらぬと同様である。

『野分』

窓に近く斜めに張った枝の先にただ一枚の虫食葉《むしくいば》がかぶりついている。
「一人坊《ひとりぼ》っちだ」と高柳君は口のなかで云った。

『野分』

彼は一人坊っちになった。己《おの》れに足りて人に待つ事なき呑気な一人坊っちではない。同情に餓え、人間に渇してやるせなき一人坊っちである。中野君は病気と云う、われも病気と思う。しかし自分を一人坊っちの病気にしたものは世間である。自分を一人坊っちの病気にした世間は危篤《きとく》なる病人を眼前に控えて嘯《うそぶ》いている。世間は自分を病気にしたばかりでは満足せぬ。半死の病人を殺さねばやまぬ。高柳君は世間を呪わざるを得ぬ。

『野分』

事実上諸君は理想をもっておらん。家に在っては父母を軽蔑し、学校に在っては教師を軽蔑し、社会に出でては紳士を軽蔑している。これらを軽蔑し得るのは見識である。しかしこれらを軽蔑し得るためには自己により大《だい》なる理想がなくてはならん。自己に何らの理想なくして他を軽蔑するのは堕落である。現代の青年は滔々《とうとう》として日に堕落しつつある。

『野分』

第4章

芥川龍之介の『侏儒の言葉』と晩年

「文豪が憧れた文豪」が零した怜悧な嘲り

芥川龍之介（1892～1927）

太宰が憧れ、芥川賞に名を残す文豪の知られざる変節

芥川龍之介は本名だが、出生名は新原龍之介と言う。生後7か月のころ母が精神に異常をきたし、後に亡くなったため、母の実家である芥川家に養子に入って以来、芥川姓となった。学業成績は非常に優秀で、第一高等学校を経て1913年、東京帝国大学文科大学英文学科に入学。同級生の菊池寛《きくちかん》らと同人誌「新思潮」を刊行し、文学青年としても活動した。在学中に発表した「鼻」が漱石に激賞され、師事するようになる。以後、時代の寵児《ちょうじ》となり、1916年の卒業後は、海軍機関学校で英語教官を務める傍ら、次々と作品を発表していく。

1919年、大阪毎日新聞社に入社し、新聞への寄稿を仕事とする創作活動に専念する。プライベートでは、婚約していた塚本文《つかもとふみ》と結婚し、男児3人に恵まれた。

一見、公私共に順風満帆に見えた芥川の人生だが、1921年の中国視察後から次第に心身の衰えが見え始めたという。神経衰弱や腸カタルを患《わずら》い、しばし湯治に出かけざるを得なくなった。体調に伴い作品数は減ったものの、自身の代表作となる短編を発表していく。

芥川が発表した作品はほとんどが短編だが、初期と晩年ではだいぶ趣きが違うと言われている。晩年の芥川は、胃潰瘍や不眠症にも悩まされ、さらに1927年には義兄の自殺によ

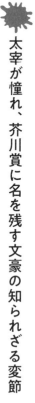

り、養父母に加えて姉一家を養う必要にも迫られた。心身の衰え、さらに毎日の激務が限界に達していた晩年の作品には、自分の人生を見直したり、生死をテーマにしたものが多い。

苦悩に満ちたこのころには、すでに自殺を考えていたようで「僕はこの二年ばかりの間は死ぬことばかり考へつづけた」「僕の将来に対する唯ぼんやりした不安」で知られる遺書を残し、1927年、35歳で服毒自殺。その死は社会に衝撃を与えた。

芥川が、自身の作風が変化した心境に触れた随筆が、この章で紹介する『侏儒《しゅじゅ》の言葉』だ。『侏儒の言葉』は必ずしもわたしの思想を伝えるものではない。唯わたしの思想の変化を時々窺《うかが》わせるのに過ぎぬものである」の序で始まる本作の題名「侏儒」とは、小人や不見識な人の蔑称《べっしょう》である（ちなみに、男性の平均身長が158センチ程度の時代、芥川は167センチであったという）。

本章では、この『侏儒の言葉』の各節を中心に「死ぬことばかりを考へつづけた」晩年のいくつかの作品から、芥川の思想が変化した一片をなぞりたい。

芥川は超ヘビースモーカーで、1日に180本も煙草を喫っていたという。多忙ゆえのストレスを紛らわせるアイテムだったとはいえ、間違いなく心身に負担を掛けていただろう。

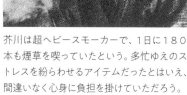

1・「道徳は常に古着である」～芥川流〝モラルの定義〟

道徳は便宜の異名である。
「左側通行」と似たものである。

『侏儒の言葉』（「修身」より）

妄《みだり》に道徳に反するものは経済の念に乏しいものである。
妄に道徳に屈するものは臆病《おくびょう》ものか怠けものである。

『侏儒の言葉』（「修身」より）

良心は道徳を造るかも知れぬ。
しかし道徳は未だ甞《かつ》て、良心の良の字も造ったことはない。

『侏儒の言葉』（「修身」より）

一国民の九割強は一生良心を持たぬものである。

『侏儒の言葉』(「修身」より)

道徳は常に古着である。

『侏儒の言葉』(「修身」より)

軍人は小児に近いものである。(中略)殺戮《さつりく》を何とも思わぬなどは一層小児と選ぶところはない。殊に小児と似ているのは喇叭《らっぱ》や軍歌に鼓舞されれば、何の為に戦うかも問わず、欣然《きんぜん》と敵に当ることである。

『侏儒の言葉』(「小児」より)

理想的兵卒は苟《いやし》くも上官の命令には絶対に服従しなければならぬ。絶対に服従することは絶対に責任を負わぬことである。即ち理想的兵卒はまず無責任を好まなければならぬ。

『侏儒の言葉』(「兵卒」より)

輿論《よろん》は常に私刑であり、私刑はまた常に娯楽である。たといピストルを用うる代りに新聞の記事を用いたとしても。

『侏儒の言葉』(「輿論」より)

暴君を暴君と呼ぶことは危険だったのに違いない。が、今日は暴君以外に奴隷を奴隷と呼ぶこともやはり甚だ危険である。

『侏儒の言葉』(「奴隷」より)

女人は我我男子には正に人生そのものである。即ち諸悪の根源である。

『侏儒の言葉』(「女人」より)

倭寇《わこう》は我我日本人も優に列強に伍《ご》するに足る能力のあることを示したものである。我我は盗賊、殺戮、姦淫《かんいん》等に於ても、決して「黄金の島」を探しに来た西班牙《スペイン》人、葡萄牙《ポルトガル》人、和蘭《オランダ》人、英吉利《イギリス》人等に劣らなかった。

『侏儒の言葉』(「倭寇」より)

結婚は性慾を調節することには有効である。が、恋愛を調節することには有効ではない。

『侏儒の言葉』（「結婚」より）

政治家の我我素人よりも政治上の知識を誇り得るのは紛紛たる事実の知識だけである。畢竟某党の某首領はどう言う帽子をかぶっているかと言うのと大差のない知識ばかりである。

『侏儒の言葉』（「政治家」より）

他人を弁護するよりも自己を弁護するのは困難である。疑うものは弁護士を見よ。

『侏儒の言葉』（「弁護」より）

物質的欲望を減ずることは必ずしも平和を齎《もたら》さない。我々は平和を得る為には精神的欲望も減じなければならぬ。

『河童』

2・「人生は一箱のマッチに似ている」～悲劇と苦難の中で生きる

天才の悲劇は「小ぢんまりした、居心の好い名声」を与えられることである。

『侏儒の言葉』（「天才」より）

人生は狂人の主催に成ったオリムピック大会に似たものである。
我我は人生と闘いながら、人生と闘うことを学ばねばならぬ。

『侏儒の言葉』（「人生」より）

人生は一箱のマッチに似ている。
重大に扱うのは莫迦莫迦しい。
重大に扱わなければ危険である。

『侏儒の言葉』（「人生」より）

我我人間は過去や未来にも生きなければならぬ。と云う意味は悔恨や憂慮の苦痛をも嘗《な》めなければならぬ。殊に今度の大地震はどの位我我の未来の上へ寂しい暗黒を投げかけたであろう。東京を焼かれた我我は今日の餓《うえ》に苦しみ乍《なが》ら、明日の餓にも苦しんでいる。

『侏儒の言葉』（「或自警団員の言葉」より）

我我は一体何の為に幼い子供を愛するのか？
その理由の一半は少くとも幼い子供にだけは欺かれる心配のない為である。

『侏儒の言葉』（「幼児」より）

人生は常に複雑である。複雑なる人生を簡単にするものは暴力より外にある筈はない。この故に往往石器時代の脳髄しか持たぬ文明人は論争より殺人を愛するのである。

『侏儒の言葉』（「暴力」より）

若し正直になるとすれば、我我は忽《たちま》ち何びとも正直になられぬことを見出すであろう。この故に我我は正直になることに不安を感ぜずにはいられぬのである。

『侏儒の言葉』（「正直」より）

なぜ公衆は醜聞を――殊に世間に名を知られた他人の醜聞を愛するのであろう？（中略）醜聞さえ起し得ない俗人たちはあらゆる名士の醜聞の中に彼等の怯懦《きょうだ》を弁解する好個の武器を見出すのである。同時にまた実際には存しない彼等の優越を樹立する、好個の台石を見出すのである。

『侏儒の言葉』（「醜聞」より）

我々はしたいことの出来るものではない。
只出来ることをするものである。
これは我我個人ばかりではない。我我の社会も同じことである。
恐らくは神も希望通りにこの世界を造ることは出来なかったであろう。

『侏儒の言葉』（「可能」より）

しかし紛紛たる事実の知識は常に民衆の愛するものである。
彼等の最も知りたいのは愛とは何かと言うことではない。
クリストは私生児かどうかと言うことである。

『侏儒の言葉』（「事実」より）

もっとも賢い生活は一時代の習慣を軽蔑しながら、しかもそのまた習慣を少しも破らないように暮らすことである。

『河童』

辛抱《しんぼう》しろよ。
己《おれ》だって、腹がへるのや、寒いのを辛抱しているのだからな。
どうせ生きているからには、苦しいのはあたり前だと思え。

『仙人』

人生苦あり、以て楽むべし。
人間死するあり、以て生くるを知る。
死苦共に脱し得て甚だ、無聊《ぶりょう》なり。
仙人は若《し》かず、凡人の死苦あるに。

『仙人』

3・「唯発狂か自殺か」～残酷な運命を呪いながら

人生の悲劇の第一幕は親子となったことにはじまっている。

『侏儒の言葉』（「親子」より）

親は子供を養育するのに適しているかどうかは疑問である。

『侏儒の言葉』（「親子」より）

子供に対する母親の愛は最も利己心のない愛である。
が、利己心のない愛は必ずしも子供の養育に最も適したものではない。
この愛の子供に与える影響は——
少くとも影響の大半は暴君にするか、弱者にするかである。

『侏儒の言葉』（「親子」より）

十五歳に足らぬわたしは尊徳の意気に感激すると同時に、尊徳ほど貧家に生まれなかったことを不仕合せの一つにさえ考えていた。丁度鎖に繋がれた奴隷のもっと太い鎖を欲しがるように。

『侏儒の言葉』（「二宮尊徳」より）

あらゆる神の属性中、最も神の為に同情するのは神には自殺の出来ないことである。

『侏儒の言葉』（「神」より）

三十五歳の彼は春の日の当つた松林の中を歩いてゐた。二三年前に彼自身の書いた「神々は不幸にも我々のやうに自殺出来ない」と云ふ言葉を思ひ出しながら。

『或阿呆《あるあほう》の一生』

「何の為にこいつも生まれて来たのだらう？　この娑婆苦《しゃばく》の充ち満ちた世界へ。――何の為にまたこいつも己《おれ》のやうなものを父にする運命を荷《にな》つたのだらう？」

しかもそれは彼の妻が最初に出産した男の子だつた。

『或阿呆の一生』

花を盛つた桜は彼の目には一列の襤褸《ぼろ》のやうに憂欝だつた。が、彼はその桜に、――江戸以来の向う島の桜にいつか彼自身を見出してゐた。

『或阿呆の一生』

彼は人生を見渡しても、何も特に欲しいものはなかつた。が、この紫色の火花だけは、――凄《すさ》まじい空中の火花だけは命と取り換へてもつかまへたかつた。

『或阿呆の一生』

彼等夫妻は彼の養父母と一つ家に住むことになつた。それは彼が或新聞社に入社することになつた為だつた。彼は黄いろい紙に書いた一枚の契約書を力にしてゐた。が、その契約書は後になつて見ると、新聞社は何の義務も負はずに彼ばかり義務を負ふものだつた。

『或阿呆の一生』

彼の前にあるものは唯発狂か自殺かだけだつた。彼は日の暮の往来をたつた一人歩きながら、徐《おもむ》ろに彼を滅しに来る運命を待つことに決心した。

『或阿呆の一生』

己《おれ》は鼠に芝居をさせて、飯を食っていると思っている。が、事によるとほんとうは、鼠が己にこんな商売をさせて、食っているのかも知れない。
実際、そんなものですよ。

『仙人』

彼は時々籐椅子《とういす》により、一本の葉巻を楽しみながら、彼の青年時代を思ひ出した。それは妙に彼の心を憂鬱にすることもない訣《わけ》ではなかつた。けれども東洋の「あきらめ」はいつも彼を救ひ出すのだつた。（中略）
彼は今でも籐椅子により、一本の葉巻を楽しみながら、彼の青年時代を思ひ出してゐる、人間的に、恐らくは余りに人間的に。

『或社会主義者』

4・「矜誇、愛欲、疑惑」～斜めから真理を斬る芥川

好人物は何よりも先に天上の神に似たものである。
第一に歓喜を語るのに好い。
第二に不平を訴えるのに好い。
第三に――いてもいないでも好い。

『侏儒の言葉』（「好人物」より）

古典の作者の幸福なる所以《ゆえん》は兎《と》に角《かく》彼等の死んでいることである。

『侏儒の言葉』（「古典」より）

阿呆はいつも彼以外の人人をことごとく阿呆と考えている。

『侏儒の言葉』（「阿呆」より）

あらゆる言葉は銭のように必ず両面を具《そな》えている。例えば「敏感な」と云う言葉の一面は畢竟《ひっきょう》「臆病な」と云うことに過ぎない。

『侏儒の言葉』(「言葉」より)

恋人と云うものは滅多に実相を見るものではない。いや、我我の自己欺瞞《ぎまん》は一たび恋愛に陥ったが最後、最も完全に行われるのである。

『侏儒の言葉』(「鼻」より)

恋愛の徴候の一つは彼女は過去に何人の男を愛したか、或はどう言う男を愛したかを考え、その架空の何人かに漠然とした嫉妬を感ずることである。
また恋愛の徴候の一つは彼女に似た顔を発見することに極度に鋭敏になることである。

『侏儒の言葉』(「徴候」より)

女は情熱に駆られると、不思議にも少女らしい顔をするものである。尤《もっと》もその情熱なるものはパラソルに対する情熱でも差支えない。

『侏儒の言葉』(「女の顔」より)

男子は由来恋愛よりも仕事を尊重するものである。若しこの事実を疑うならば、バルザックの手紙を読んで見るが好い。バルザックはハンスカ伯爵夫人に「この手紙も原稿料に換算すれば、何フランを越えている」と書いている。

『侏儒の言葉』(「男子」より)

「けふは半日自動車に乗つてゐた。」
「何か用があつたのですか?」
彼の先輩は頬杖《ほほづえ》をしたまま、極めて無造作に返事をした。
「何、唯乗つてゐたかつたから。」

『或阿呆の一生』

大いなる友よ、汝は汝の道にかへれ。

『文芸的な、余りに文芸的な』

幸福は苦痛を伴い、平和は倦怠《けんたい》を伴うとすれば、——?

『河童』

偶像の台座の上に安んじて坐っていられるものは最も神々に恵まれたもの、――阿呆か、悪人か、英雄かである。

『河童』

矜誇《きょうか》、愛慾、疑惑――あらゆる罪は三千年来、この三者から発している。同時にまたおそらくはあらゆる徳も。

『河童』

食えよ、交合せよ、旺盛に生きよ。

『河童』

5・「人生は一行のボオドレエルにも若かない」～芸術至上主義の欠片

芭蕉の一生は享楽の一生であると共に、誰の目にも受苦の一生である。我我も微妙に楽しむ為には、やはりまた微妙に苦しまなければならぬ。

『侏儒の言葉』（「瑣事」より）

全フランスを蔽《おお》う一片のパン。しかもバタはどう考えても、余りたっぷりはついていない。

『侏儒の言葉』（「ユウゴオ」より）

ドストエフスキイの小説はあらゆる戯画に充《み》ち満《み》ちている。尤《もっと》もそのまた戯画の大半は悪魔をも憂鬱にするに違いない。

『侏儒の言葉』（「ドストエフスキイ」より）

フロオベルのわたしに教えたものは美しい退屈もあると言うことである。

『侏儒の言葉』（「フロオベル」より）

「芸術家の芸術を売るのも、わたしの蟹《かに》の鑵詰《かんづ》めを売るのも、格別変りのある筈はない。しかし芸術家は芸術と言えば、天下の宝のように思っている。ああ言う芸術家の顰《ひそ》みに傚《なら》えば、わたしも亦一鑵六十銭の蟹の鑵詰めを自慢しなければならぬ。不肖行年六十一、まだ一度も芸術家のように莫迦莫迦《ばかばか》しい己惚《うぬぼ》れを起したことはない。」

『侏儒の言葉』（「或資本家の論理」より）

最も幸福な芸術家は晩年に名声を得る芸術家である。国木田独歩もそれを思えば、必しも不幸な芸術家ではない。

『侏儒の言葉』（「芸術家の幸福」より）

僕は今日も亦明日のやうに「怠惰なる日の怠惰なる詩人」、——一人の夢想家であることを恥としない。

『文芸的な、余りに文芸的な』

文芸の極北はハイネの言つたやうに古代の石人と変りはない。たとひ微笑は含んでゐても、いつも唯冷然として静かである。

『文芸的な、余りに文芸的な』

（都会人と云ふ僕の皮を剥《は》ぎさへすれば）どうかこの原稿の中に僕の阿呆さ加減を笑つてくれ給へ。

『或阿呆の一生』

「人生は一行《いちぎやう》のボオドレエルにも若《し》かない。」

『或阿呆の一生』

二十三歳の彼の心の中には耳を切つた和蘭《オランダ》人が一人、長いパイプをくはへたまま、この憂欝な風景画の上へぢつと鋭い目を注いでゐた。

『或阿呆の一生』

第5章

島崎藤村の『新生』

これぞゲスの極み！姪を妊娠させた狂気

島崎藤村（1872~1943）

姪との近親相姦を告白した自伝的小説『新生』

詩集『若菜集』で文壇デビューを果たした島崎藤村は、のちに歌人となり、次いで小説『破戒』を自費出版して自然主義文学の担い手と見なされる。一方、家庭では不幸を重ね、妻とのあいだに7児をもうけるも、長女、次女、三女を相次いで亡くし、四女を産んだ直後の1910年、ついに妻にも先立たれてしまう。そのため、次兄・広助の次女・こま子が家事手伝いに来ていたが、なんとこの姪《めい》と近親相姦となる恋人関係に至る。

結果、こま子は妊娠し、藤村は途方に暮れるが……。この「絶対に知られてはいけない秘密」を、あろうことか小説化した作品が『新生』だ。当時「これは小説ではなく日記だ」などと評され、藤村もこま子も「これは事実」と認めた問題作である。

ちなみに、そもそも藤村の実家・島崎家は、藤村の父も異母妹と近親相姦の関係にあり、母も不義の子として藤村の三兄（藤村のすぐ上の兄）友弥を産んでいる。また、姉も精神を病んで精神病院で狂死するなどしたため、藤村は自らの血筋におびえていたとも言われる。

もちろん、そんな事情は何の言い訳にもならない。当時、漱石や啄木、芥川に憧れた文豪は大勢いたが、藤村はむしろ批判の対象となった。その芥川からは『或阿呆の一生』で「『新生』の主人公ほど老獪《ろうかい》な偽善者に出会つたことはなかつた」と非難されている。

藤村はこれに対し、芥川の自殺後『芥川龍之介君のこと』という追悼文の中で「あの作の主人公がそんな風に芥川君の眼に映ったかと思った」「私があの『新生』で書こうとしたことも、その自分の意図も、芥川君には読んでもらえなかったろう」と記述。芥川の存命中に反論する機会はいくらでもあったため、さらなるアンチを生むこととなった。

坂口安吾も『デカダン文学論』にて「芥川が彼を評して老獪と言つたのは当然」「文学の世界に於《おい》ては欺瞞《ぎまん》である」「欺瞞にみちた魂が何者と四ツに組んでも、それはたゞ常に贋物であるにすぎない」「藤村は文学を甘く見てゐた」などと断罪している。

後輩の文豪たちから非難の嵐を浴びた藤村の『新生』は、その文学的評価はさておき、人間社会の倫理基準から大きく逸脱した経験談であることは間違いないだろう。

本章では、そのあらすじがわかるように注釈をつけながら『新生』のストーリーを追っていきたい。

晩年の藤村は「戦陣訓」の文案作成などに参画。戦後、戦争協力した文学者たちは公職追放されるなど憂き目に遭うが、藤村は戦中に死去しているので、その責を免れている。

1・姪（節子＝こま子）が自らの妊娠を岸本（藤村）に告げるシーン

ある夕方、節子は岸本に近く来た。突然彼女は思い屈したような調子で言出した。

「私の様子は、叔父さんには最早《もう》よくお解りでしょう」

新しい正月がめぐって来ていて、節子は二十一という歳を迎えたばかりの時であった。丁度二人の子供は揃《そろ》って向いの家へ遊びに行き、婆やもその迎えがてら話し込みに行っていた。階下《した》には外に誰も居なかった。節子は極《ご》く小さな声で、彼女が母になったことを岸本に告げた。

妻に先立たれ、姪（次兄の次女）を家に迎えて家事を手伝ってもらっていた岸本（藤村）は、いつしかその姪に手を出し、近親相姦の末、ついに妊娠させてしまう。

2・姪が自らの子を宿したと聞いて逃げ出す藤村

避けよう避けようとしたある瞬間が到頭《とうとう》やって来たように、思わず岸本はそれを聞いて震えた。思い余って途方に暮れてしまって言わずにいられなくなって出て来たようなその声は極く小さかったけれども、実に恐ろしい力で岸本の耳の底に徹《こた》えた。それを聞くと、岸本は悄《しお》れた姪の側にも居られなかった。彼は節子を言い宥《なだ》めて置いて、彼女の側を離れたが、胸の震えは如何《いかん》ともすることが出来なかった。すごすごと暗い楼梯《はしごだん》を上って、自分の部屋へ行ってから両手で頭を押えて見た。

後にこま子自身が「ほとんど真実」を認めている『新生』である。妊娠させておきながら、勝手に震え、姪を置いて逃げ出し、一人頭を抱える藤村という奴は……。

3・藤村の女性観がそもそも間違っていないか？

多くの場合に岸本は女性に冷淡であった。彼が一箇の傍観者として種々《さまざま》な誘惑に対《むか》って来たというのも、それは無理に自分を制《おさ》えようとしたからでもなく、むしろ女性を軽蔑《けいべつ》するような彼の性分から来ていた。

この期に及んで「別に女性なんかどうでもいいし。むしろ軽蔑の対象だ」とさえ言い張る始末。幾夜も眠れぬ日々が続く藤村……。

4・姪への想いも、かなり失礼に見える

その岸本が別に多くの女の中から択《えら》んだでも何でもない自分の姪と一緒に苦しまねば成らないような位置に立たせられて行った。節子は重い石の下から僅《わずか》に頭を持上げた若草のような娘であった。曾《かつ》て愛したこともなく愛されたこともないような娘であった。特に岸本の心を誘惑すべき何物をも彼女は有《も》たなかった。

だったらなぜ、彼は姪に手を出したのだろうか？　ちなみに『新生』の中には、近親相姦に至った経緯は書かれていない。

5・思い悩む藤村に一筋の光が……

「ねえ、君、岸本君なぞも一度欧羅巴《ヨーロッパ》を廻って来ると可《い》いね……是非僕はそれをお勧《すす》めする」

客はこうした酒の上の話も肴《さかな》の一つという様子で、盃を重ねていた。

これを聞いた岸本（藤村）は「好いことを言ってくれた。これ以上の死滅には自分は耐えられない」と都合よく受け取る。

6・どこまでも自分に都合のいい藤村

遠い外国の旅――どうやらこの沈滞の底から自分を救い出せそうな一筋の細道が一層ハッキリと岸本に見えて来た。（中略）一切を捨てて海の外へ出て行こう。全く知らない国へ、全く知らない人の中へ行こう。そこへ行って恥かしい自分を隠そう。

なお、先ほどヨーロッパ留学を勧めた友人は「酒の上で言ったようなことを、そう真面目に取られても……」と渋い返答をしている。

7・「どうしてそんなにヨーロッパ行きを急ぐの？」という友人に

「思い立った時に出掛けて行きませんとね、愚図々々してるうちには私も年を取ってしまいますから」

こう岸本は言い紛らわしたものの、親切にいろいろなことを教えてくれる友人にまで、隠さなければ成らない暗いところのある自分の身を羞《は》ずかしく思った。

藤村自身、この『新生』の中で「どうかして節子の身体がそれほど人の目につかないうちに支度を急ぎたいと願っていた。」と明記している。

８・家族にすら本当のことを言わない藤村

まだ岸本は兄の義雄に何事《なんに》も言出してなかった。留守中の子供の世話ばかりでなく、節子の身の始末に就《つ》いては親としての兄の情にすがるの外は無いと彼も考えた。

次兄の義男（島崎広助）の娘が節子（こま子）である。本当のことを言えない気持ちはわかるが、ここまで自分に甘い人も珍しい。

9・肝心の姪にもヨーロッパ行きを告げず……

岸本は何事も知らずにいる姪にまで自分の心持を分けずにいられなかった。

「可哀そうな娘だなあ」

思わずそれを言って、彼ゆえに傷ついた小鳥のような節子を堅く抱きしめた。

「好い事がある。まあ明日話して聞かせる」

もちろん「好い事」とは岸本（藤村）にとってのいいことで、節子（こま子）にとっては全然いいことではなかっただろう。

10・藤村のヨーロッパ（フランス）行きを聞いた姪の一言

「叔父さんはさぞ嬉しいでしょうねえ――」

自分のことしか考えていない叔父への当てつけ――。藤村は素早く荷物をまとめて路銀を無理やり用意し、誰にも何も告げないまま船が出る神戸へ向かった。神戸では2週間も船を待ったが、不必要なほど早く東京を離れた藤村の心境は容易に想像できる。

11・結局、兄に真実を告げられなかった藤村は船内で告白の手紙を書く

（前略）今から思えば、自分が大兄の娘を預かって、すこしでも世話をしたいと思ったのが過りであると書いた。実に自分は親戚《しんせき》にも友人にも相談の出来ないような罪の深いことを仕《し》出来《でか》し、無垢《むく》な処女《おとめ》の一生を過り、そのために自分も曾《かつ》て経験したことの無いような深刻な思を経験したと書いた。節子は罪の無いものであると書いた。彼女を許して欲しいと書いた。彼女を救って欲しいと書いた。（中略）この手紙を受取られた時の大兄の驚きと悲しみとは想像するにも余りあることであると書いた。とても自分は大兄に合せ得る顔を有《も》つものでは無いと書いた。書くべき言葉を有つものでも無いと書いた。唯《ただ》、節子のためにこの無礼な手紙を残して行くと書いた。自分は遠い異郷に去って、激しい自分の運命を哭《こく》したいと思うと書いた。

なお、岸本（藤村）はこの手紙を香港から送っている。

12・パリについた藤村から兄への手紙が届く。その中身とは……

お前が香港から出した手紙を読んで茫然《ぼうぜん》自失するの他はなかったと書いてよこした。十日あまりも考え苦しんだ末、適当な処置をするために名古屋から一寸《ちょっと》上京したと書いてよこした。お前に言って置くが、出来たことは仕方がない、お前はもうこの事を忘れてしまえと書いてよこした。

兄はまた、これは誰にも言うべき事でないから、母上はもとより自分の妻にすらも話すまいと決心したと書いてよこした。嘉代《かよ》（嫂《あによめ》）には、吉田某というものがあったことにして置くと書いてよこした。その某は例の人を捨てて行方《ゆくえ》不明であるということにして置くと書いてよこした。

「書いた」岸本（藤村）は、こう「よこした」兄に「心から感謝しなければ成らなかった。」と『新生』にある。ちなみに、文中の「嘉代」とは藤村にとっての兄嫁であり、兄の妻＝節子の母である。その節子は、手紙の中で「例の人」として書き表されている。

13・兄からの手紙で、節子が子どもを産んだことを知る

義雄兄からの便りには、「例の人」は産後の乳腫《ちちばれ》で手術を受けさせるから、その費用を送れとしてあった。それから一月半ばかりも待つうちに節子は精《くわ》しいことを知らせてよこした。産は重くて骨が折れたが男の子が生れたと彼女の手紙の中に書いてあった。彼女はこまごまと書いてよこした。こんなにお産が重かったのは身体を粗末にしていた為であろう、自分はその事を人から言われたと書いてよこした。自分は僅《わず》かに一目しか生れたものの顔を見ることを許されなかったと書いてよこした。その田舎《いなか》に住む子供の無い家の人から懇望《こんぼう》されて、嬰児《あかご》は直《す》ぐに引取られて行ったと書いてよこした。

節子（こま子）は密かに男児を出産するが、その赤ん坊は直ちに茨城県へ里子に出されてしまう。後年、関東大震災で行方不明となる運命にある。

14・すっかり安心した藤村、姪からの手紙を捨てまくる

なつかしい故国の便りは絵葉書一枚でも実に大切に思われて時々旧《ふる》い手紙まで取出しては読んで見たいほどの異郷の客舎にあっても、姪から貰った手紙ばかりは焼捨てるとか引裂いてしまうとかして、岸本はそれを自分の眼の触れるところに残して置かなかった。蔭ながら彼は節子に願っていた。旅にある白分のことなぞは忘れて欲しい、生先《おいさき》の長い彼女自身のことを考えて欲しいと。

単純に「彼女自身のことを考えて欲しい」だけなら、返事は書かずとも捨てるまでには至らないのでは……？

15・3年の留学を終えて帰国後、沈んで塞ぎ込んでいた姪に……

翌朝早く岸本は台所の方へ顔を洗いに行った。嫂も、祖母さんもまだ起出さない頃であった。節子一人だけがしょんぼり立働いていた。

「何時《いつ》までそんな機嫌の悪い顔をしているんだろう」

そう思いながら岸本は台所から引返そうとした。口にも言えないような姪の様子はその時不思議な力で岸本を引きつけた。彼は殆《ほと》んど衝動的に節子の側へ寄って、物も言わずに小さな接吻《せっぷん》を与えてしまった。

節子（こま子）は岸本（藤村）の留学中に手を悪くし、水仕事などができず、お嫁に行けないでいたが、これを機にまた元気になっていく。

16・藤村は再び自分の仕事を姪に手伝ってもらうことにする

岸本はまた親掛りでいる節子に働くことを教えようとした。今まで通りにして暮して行くにしても、すくなくも彼女のために自活の面目の立てられる方法を考えてやりたいと思った。それには彼は自分の仕事を手伝わせ、談話を筆記することなぞを覚えさせ、その報酬を名としていくらかでも彼女を助けたいと考えた。そうして節子に働くことを教えるばかりでなく、どうかして生き甲斐《がい》のあるような心を起させたいと願った。

次兄夫婦の承諾も得たものの、こうして再び節子（こま子）を身近に置き、何やかんやで近親相姦を犯し始める岸本（藤村）。次兄も人がよすぎる……。

17・姪を口説きにかかる藤村

「叔父と姪とは到底結婚の出来ないものかねえ」

「いっそお前を貰っちまう訳には行かないものかなあ。どうせ俺は誰かを貰わなけりゃ成らない」

「節ちゃん、お前は叔父さんに一生を託する気はないかい――結婚こそ出来ないにしても」

こんなこと言いながら藤村は、一方で着々と『新生』の構想を練り始めていた。一方、こま子の母親は重い病に倒れて入院してしまう。後日、１９１８年４月、その母が亡くなると本格的な執筆に取りかかり、５月から『新生』の新聞連載が始まる。

18・姪に『新生』を発表することを告げる

岸本はその初冬らしい親しみを増した障子の側で、懺悔を書こうと思うという話を節子に聞かせて、彼女の承諾を求めようとした。その日まで隠しに隠して来た二人の秘密を曝《さら》け出してしまおうということは、岸本の方で思ったほど節子を驚かしもしなかった。のみならず、彼女は例の率直な調子で、岸本の思い立ちに同意をあらわした。

「黙って置きさえすれば、もう知れずに済むことなんですけれど――」と節子は言った。

「わたしにお嫁《よめ》に来てくれなんて煩《うるさ》いことを言う人も無くなって、却《かえ》って好いかも知れません」

岸本（藤村）は「同意」と書いているが、これは「皮肉」では？　留学前のやり取りと似ている。藤村はかなり自分勝手な性格だが、かなり鈍感でもあったようだ。

19・『新生』の発表により、世間の注目は姪に注がれることに……

「しかし俺だって、相応に覚悟して掛ったことだ」

「でも節ちゃんは承知なんだ。節ちゃんの承諾を得た上で、俺はあれを発表した」

「誰が迷惑するッて言ったって、一番迷惑するのは俺じゃないか」


節子（こま子）の姉が「妹をどうしてくれるんだ」と詰め寄った際の一連のセリフ。親族からすれば「お前の覚悟なんか知るか」「お前には乙女心がわからんのか」「お前が迷惑するのは当然だろうが！」と言いたいところだろう……。

20・ついに次兄から絶縁される

「噫《ああ》、万事休す。われに断腸の思いあり。足下は自己を懺悔すと称《とな》えながら、相手方の生活を保証することによって不徳を遂行せんとするの形跡あるは言語道断なりと言うべし。吾娘はわれに於いて処分するの覚悟を有す。敢《あえ》て足下の容喙《ようかい》を許さず。

ここに涙を振《ふる》って足下を義絶す。」

なお、藤村の子どもたちについては「父の罪に甥っ子たちは関係ないから、会いに来てもいい」と言っている。どこまでも人のいい次兄であった。

21・最後まで開き直る藤村

「まあ他の親戚が聞いたら何と思うか知りませんが、私はそれほど悪い人間じゃありませんよ」

親族の問題を解決するため、当時の日本領だった台湾から来た長兄に向かってさえ、自己弁護に終始した岸本（藤村）であった。なお、節子（こま子）は、この長兄が預かる形で台湾に渡ることが決まる。その節子が東京を発つ朝、船旅に出る姪の安寧を自宅から願うところで『新生』は終わる。

第6章

坂口安吾の無茶ぶり名言

叱咤激励を超えて罵詈雑言の境地か

坂口安吾（1906～1955）

人生の落後者を目指し、酒と薬物と共に堕ちた

新潟県出身の坂口安吾は、本名を坂口炳五《へいご》という。その名の通り、十二人兄弟の五男として生まれた。文豪には、実家が名家や富豪だったという場合が多いが、安吾もご多分に漏れず、父は衆議院議員や新聞社の社長を務めていた。

無事に地元の旧制新潟中学に進学したものの、視力の低下から成績が下がり、放校を危惧した父によって東京の中学校に編入される。新潟時代から石川啄木の影響を受けていた安吾だが、上京後は谷崎潤一郎や芥川龍之介、ボードレールなどを愛読する。

1925年に中学を卒業後、代用教員として働く傍ら、仏教書や哲学書を読み漁る日々を送りつつ、執筆活動を始める。1931年に「風博士」「黒谷村」などの短編が認められたことで執筆活動は軌道に乗る。戦前から戦中にかけては新進気鋭の作家として活躍した。

戦後は『堕落論』『白痴』を発表して大人気作家となる一方、後に同じ「無頼派」の作家仲間となる太宰治や織田作之助と知り合うなど、文壇でも人脈を広げる。安吾が戦前から長く旺盛な執筆活動を続けられたのは、短編や長編はもちろん、随筆や評論、さらには推理小説や歴史小説まで、幅広いジャンルを手掛けられたことが、その一因に挙げられる。

しかし、多忙のあまりヒロポンを服用して何日も徹夜して執筆を続けるなど、不摂生な生活を強いられる要因にもなってしまう。加えて、睡眠薬や覚醒剤も服用していたため、ますます薬物中毒が進んだ。また、1948年に太宰が自殺した際には『不良少年とキリスト』で自殺を戒めていたが、若いときには安吾自身も自分の自殺願望に悩まされている。

薬物中毒が進行し、鬱病や幻聴に悩まされて入院したものの、薬物とは最後まで縁を切ることができなかった。1949年には芥川賞の選考委員に就任。旺盛な執筆活動は続き、人気作家として印税収入は相当あったが、大酒飲みであったこともあり、貯金はほとんどしていなかったという。

1955年、自宅で倒れる。48歳、脳出血だった。

太宰が文豪に「自殺」のイメージを定着させた人だとしたら、安吾は「薬物」のイメージを定着させたとも言える。名文「生きよ堕ちよ」など、時に神経衰弱、錯乱状態の中で書かれた安吾の「無茶ぶりに近い」語録を、次のページから80ほどご紹介する。

この写真を撮った林忠彦は、2年ほど掃除していない安吾の仕事場を見て、快哉と共にシャッターを下ろした。林は、太宰の「ルパン」での写真も撮っている。

1・「生きよ堕ちよ」〜どん底で生き、さらに堕ちろという安吾

戦争に負けたから堕ちるのではないのだ。
人間だから堕ちるのであり、生きているから堕ちるだけだ。

『堕落論』

若者達は花と散ったが、同じ彼等が生き残って闇屋《やみや》となる。

『堕落論』

けなげな心情で男を送った女達も半年の月日のうちに夫君の位牌《いはい》にぬかずくことも事務的になるばかりであろうし、やがて新たな面影を胸に宿すのも遠い日のことではない。人間が変ったのではない。人間は元来そういうものであり、変ったのは世相の上皮だけのことだ。

『堕落論』

人間は堕落する。義士も聖女も堕落する。それを防ぐことはできないし、防ぐことによって人を救うことはできない。人間は生き、人間は堕ちる。そのこと以外の中に人間を救う便利な近道はない。

『堕落論』

墜ちる道を墜ちきることによって、自分自身を発見し、救わなければならない。

『堕落論』

生きよ堕ちよ、その正当な手順の外に、真に人間を救い得る便利な近道が有りうるだろうか。

『堕落論』

我々の為しうることは、ただ、少しずつ良くなれということで、人間の堕落の限界も、実は案外、その程度でしか有り得ない。
人は無限に墜ちきれるほど堅牢な精神にめぐまれていない。

『続堕落論』

堕落すべき時には、まっとうに、まっさかさまに堕ちねばならぬ。道義頽廃、混乱せよ。血を流し、毒にまみれよ。先ず地獄の門をくぐって天国へよじ登らねばならない。手と足の二十本の爪を血ににじませ、はぎ落して、じりじりと天国へ近づく以外に道があろうか。

『続堕落論』

人間の、また人性の正しい姿とは何ぞや。欲するところを素直に欲し、厭な物は厭だと言う、要はただそれだけのことだ。好きなものを好きだという、好きな女を好きだという。

『続堕落論』

堕落は常に孤独なものであり、他の人々に見すてられ、父母にまで見すてられ、ただ自らに頼る以外に術《すべ》のない宿命を帯びている。

『続堕落論』

我々は「健全なる道義」から堕落することによって、真実の人間へ復帰しなければならない。

『続堕落論』

自殺などというものは悔恨の手段としてはナンセンスで、三文の値打もないものだ。より良く生きぬくために現実の習性的道徳からふみ外れる方が遥かに誠実なものである。

『デカダン文学論』

失敗せざる魂、苦悩せざる魂、そしてより良きものを求めざる魂に真実の魅力はすくない。

『デカダン文学論』

私はいつも神様の国へ行かうとしながら地獄の門を潜つてしまふ人間だ。

『私は海をだきしめてゐたい』

私はずるいのだ。悪魔の裏側に神様を忘れず、神様の陰で悪魔と住んでゐるのだから。

『私は海をだきしめてゐたい』

死ぬることは簡単だが、生きることは難事業である。僕のような空虚な生活を送り、一時間一時間に実のない生活を送っていても、この感慨は痛烈に身にさしせまって感じられる。

『青春論』

非常に当然な話だけれども、信念というようなものがなくて生きているのは、あんまり意味のないことである。

『青春論』

人間は必ず死ぬ、どうせ死ぬものなら早く死んでしまえというようなことは成り立たない。

『教祖の文学』

人間は生きることが、全部である。死ねば、なくなる。

『不良少年とキリスト』

生と死を論ずる宗教だの哲学などに、正義も、真理もありはせぬ。
あれは、オモチャだ。

『不良少年とキリスト』

自殺は、学問じゃないよ。子供の遊びです。

『不良少年とキリスト』

生きることだけが、大事である、ということ。たったこれだけのことが、わかっていない。本当は、分るとか、分らんという問題じゃない。生きるか、死ぬか、二つしか、ありやせぬ。おまけに死ぬ方は、ただなくなるだけで、何もないだけのことじゃないか。生きてみせ、やりぬいてみせ、戦いぬいてみなければならぬ。いつでも、死ねる。そんな、つまらんことをやるな。いつでも出来ることなんか、やるもんじゃないよ。

『不良少年とキリスト』

然し、生きていると、疲れるね。
かく言う私も、時に、無に帰そうと思う時が、あるですよ。

『不良少年とキリスト』

2・「悲しみ。苦しみは人生の花だ」～希望も夢も愛も不要

悲しみ、苦しみは人生の花だ。悲しみ苦しみを逆に花さかせ、たのしむことの発見、これをあるいは近代の発見と称してもよろしいかも知れぬ。

『悪妻論』

苦しめ、そして、苦しむのだ。
それが人間の当然な生活なのだから。

『悪妻論』

人はなんでも平和を愛せばいいと思うなら大間違い、平和、平静、平安、私は然《しか》し、そんなものは好きではない。不安、苦しみ、悲しみ、そういうものの方が私は好きだ。

『悪妻論』

人間は悲しいものだ。切ないものだ。苦しいものだ。不幸なものだ。なぜなら、死んでなくなつてしまふのだから。

『教祖の文学』

人間の尊さは自分を苦しめるところにあるのさ。満足は誰でも好むよ。けだものでもね。

『風と光と二十の私と』

一生涯めくら滅法《めっぽう》に走り続けて、行きつくゴールというものがなく、どこかしらでバッタリ倒れて、それがようやく終りである。

『青春論』

世に孤独ほど憎むべき悪魔はないけれども、かくの如く絶対にして、かくの如く厳たる存在も亦すくない。僕は全身全霊をかけて孤独を呪う。全身全霊をかけるが故に、また、孤独ほど僕を救い、僕を慰めてくれるものもないのである。

『青春論』

米軍が上陸し、天地にあらゆる破壊が起り、その戦争の破壊の巨大な愛情が、すべてを裁いてくれるだろう。

『白痴』

悪徳はつまらぬものであるけれども、孤独という通路は神に通じる道であり、善人なおもて往生をとぐ、いわんや悪人をや、とはこの道だ。

『続堕落論』

事実、或いは青春は暗いものであるかも知れぬ。
青春には病的自体も健康であり、暗さ自体健全なのだ。

『青い絨毯』

少年の希望のなんと暗くあることよ。貧乏の苦も、恋の苦も知らず、多くの汚《けが》れを知らず、ただ人生の重さだけを嗅《か》ぎ当てている。希望に燃え、虚名にあこがれ、成功を追いながら、死の正しい意味を知る者はただ青春のみ。最も希望のない時期だ。

『青い絨毯』

時間というものを、無限と見ては、いけないのである。
そんな大ゲサな、子供の夢みたいなことを、本気に考えてはいけない。
時間というものは、自分が生れてから、死ぬまでの間です。

『不良少年とキリスト』

元より人間は思い通りに生活できるものではない。愛する人には愛されず、欲する物は我が手に入らず、手の中の玉は逃げだし、希望の多くは仇夢《あだゆめ》で、人間の現実は概ねかくの如き卑小きわまるものである。

『デカダン文学論』

青春ほど、死の翳《かげ》を負ひ、死と背中合せな時期はない。

『暗い青春』

青春は力の時期であるから、同時に死の激しさと密着してゐる時期なのだ。人生の迷路は解きがたい。それは魂の迷路であるが、その迷路も死が我々に与へたものだ。

『暗い青春』

青春は絶望する。なぜなら大きな希望がある。少年の希望は自在で、王者にも天才にも自ら化して夢と現実の区別がないが、青春の希望の裏には、限定された自我がある。わが力量の限界に自覚があり、希望に足場が失はれてゐる。

『暗い青春』

私は悪人です、と言ふのは、私は善人ですと、言ふことよりもずるい。

『私は海をだきしめてゐたい』

3・「私には国はないのだ」～安吾の日本論・日本人論

『三国志』に於ける憎悪、『チャタレイ夫人の恋人』に於ける憎悪、血に飢え、八ツ裂《ざき》にしても尚あき足りぬという憎しみは日本人には殆んどない。昨日の敵は今日の友という甘さが、むしろ日本人に共有の感情だ。凡《およ》そ仇討にふさわしくない自分達であることを、恐らく多くの日本人が痛感しているに相違ない。

『日本文化私観』

昨日の敵と妥協否肝胆《かんたん》相照すのは日常茶飯事であり、仇敵なるが故に一そう肝胆相照らし、たちまち二君に仕えたがるし、昨日の敵にも仕えたがる。生きて捕虜の恥を受けるべからず、というが、こういう規定がないと日本人を戦闘にかりたてるのは不可能なので、我々は規約に従順であるが、我々の偽らぬ心情は規約と逆なものである。

『堕落論』

武士は仇討のために草の根を分け乞食となっても足跡を追いまくらねばならないというのであるが、真に復讐の情熱をもって仇敵の足跡を追いつめた忠臣孝子があったであろうか。彼等の知っていたのは仇討の法則と法則に規定された名誉だけで、元来日本人は最も憎悪心の少いまた永続しない国民であり、昨日の敵は今日の友という楽天性が実際の偽らぬ心情であろう。

『堕落論』

終戦後、我々はあらゆる自由を許されたが、人はあらゆる自由を許されたとき、自らの不可解な限定とその不自由さに気づくであろう。人間は永遠に自由では有り得ない。

『堕落論』

日本の精神そのものが耐乏の精神であり、変化を欲せず、進歩を欲せず、憧憬讃美が過去へむけられ、たまさかに現れいでる進歩的精神はこの耐乏的反動精神の一撃を受けて常に過去へ引き戻されてしまうのである。

『続堕落論』

必要をもとめる精神を日本ではナマクラの精神などと云い、耐乏を美徳と称す。一里二里は歩けという。五階六階はエレベータアなどとはナマクラ千万の根性だという。機械に頼って勤労精神を忘れるのは亡国のもとだという。すべてがあべこべなのだ。

『続堕落論』

ああ戦争、この偉大なる破壊、奇妙奇天烈《きてれつ》な公平さでみんな裁かれ日本中が石屑だらけの野原になり泥人形がバタバタ倒れ、それは虚無のなんという切ない巨大な愛情だろうか。破壊の神の腕の中で彼は眠りこけたくなり、そして彼は警報がなるとむしろ生き生きしてゲートルをまくのであった。生命の不安と遊ぶことだけが毎日の生きがいだった。警報が解除になるとガッカリして、絶望的な感情の喪失がまたはじまるのであった。

『白痴』

今度の太平洋戦争においても実は経済的に追いつめられて開戦しながら、大東亜理念という宗教的な大義名分を真向うにかかげたところを見ると、これは日本の性格的なものかも知れない。

『エライ狂人の話』

本当の倫理は健全ではないものだ。そこには必ず倫理自体の自己破壊が行はれてをり、現実に対する反逆が精神の基調をなしてゐるからである。

『デカダン文学論』

私は、勤倹精神《きんけんせいしん》だの困苦欠乏《こんくけつぼう》に耐える精神などというものが嫌いである。

『欲望について』

どうも日本人というものは元々一般庶民たることに適していて、特権を持たせると鬼畜低脳となる。

『安吾巷談』

私には国はないのだ。
いつも、ただ現実だけがあった。
眼前の大破壊も、私にとっては国の運命ではなくて、私の現実であった。私は現実はただ受け入れるだけだ。

『青鬼の褌を洗う女』

私の一生はピエロなんです。私はそれをハッキリ自覚しているのです。
それは世間にはピエロを自認するニヒリストは有り余るほどおりますよ。
然し、彼らがピエロでしょうか。ウソですよ。みんな自尊心が強くって、そのアガキの果に、
マジナイみたいにピエロ気取りでいるだけですよ。私は、自尊心がないのです。

『ジロリの女』

4・「日本の亭主は不幸であった」～今だったら炎上確実の男女論

恋は必ず破れる、女心男心は秋の空、必ず仇心が湧き起り、去年の恋は今年は色がさめるものだと分っていても、だから恋をするなとは言えないものだ。それをしなければ生きている意味がないようなもので、生きるということは全くバカげたことだけれども、ともかく力いっぱい生きてみるより仕方がない。

『教祖の文学』

（恋愛とは）所詮幻であり、永遠の恋などは嘘の骨頂だとわかっていても、それをするな、といい得ない性質のものである。それをしなければ人生自体がなくなるようなものなのだから。つまりは、人間は死ぬ、どうせ死ぬものなら早く死んでしまえということが成り立たないのと同じだ。

『恋愛論』

孤独は、人のふるさとだ。恋愛は、人生の花であります。
いかに退屈であろうとも、この外に花はない。

『恋愛論』

恋愛は人間永遠の問題だ。人間ある限り、その人生の恐らく最も主要なるものが恋愛なのだろうと私は思う。

『恋愛論』

恋なしに、人生は成りたたぬ。所詮人生がバカげたものなのだから、恋愛がバカげていても、恋愛のひけめになるところもない。

『恋愛論』

夫婦は愛し合うと共に憎み合うのが当然であり、
かかる憎しみを怖《おそ》れてはならぬ。
正しく憎み合うがよく、鋭く対立するがよい。

『悪妻論』

日本の亭主は不幸であった。
なぜなら、日本の女は愛妻となる教育を受けないから。
彼女らは、姑に仕え、子を育て、主として、男の親に孝に、わが子に忠に、亭主そのものへの愛情についてはハレモノにさわるように遠慮深く教育訓練されている。日本の女を女房に、パリジャンヌを妾に、という世界的な説がある由、然し、悲しい日本の女よ、彼女らは世界一の女房であっても、まさしく男がパリジャンヌを必要とする女房だ。

『悪妻論』

夫婦は苦しめ合い、苦しみ合うのが当然だ。慰め、いたわるよりも、むしろ苦しめ合うのがよい。人間関係は苦痛をもたらす方が当然なのだから。

『悪妻論』

男女の関係に平和はない。
人間関係には平和は少い。
平和をもとめるなら孤独をもとめるに限る。

『悪妻論』

女が私の属性の中で最も憎んでいたものは不羈《ふき》独立の魂であった。
偉い芸術家になどなってくれるなと言うのである。

『いずこへ』

人生はまた、結局孤独なものなのである。最後のよりどころはいつも一人、孤独なわが魂の独白にひとり耳を傾けるような、そういうところへ戻らずにいられないものだ。

『男女の交際について』

日本の家庭というものは、魂を昏酔させる不健康な寝床で、純潔と不変という意外千万な大看板をかかげて、男と女が下落し得る最低位まで下落してそれが他人でない証拠なのだと思っている。

『デカダン文学論』

別な女に、別な男に、いつ愛情がうつるかも知れぬという事の中には人間自体の発育があり、その関係は元来健康な筈なのである。

『デカダン文学論』

5・「小説なんて、たかが商品である」～文学とは、芸術とは何ぞや

歴史というお手本などは生きるためにはオソマツなお手本にすぎないもので、自分の心にきいてみるのが何よりのお手本なのである。

『教祖の文学』

本当に人の心を動かすものは、毒に当てられた奴、罰の当った奴でなければ、書けないものだ。

『教祖の文学』

作家はともかく生きる人間の退ッ引きならぬギリギリの相を見つめ自分の仮面を一枚ずつはぎとって行く苦痛に身をひそめてそこから人間の詩を歌いだすのでなければダメだ。

『教祖の文学』

人間は何をやりだすか分らんから、文学があるのじゃないか。歴史の必然などという、人間の必然、そんなもので割り切れたり、鑑賞に堪えたりできるものなら、文学などの必要はないのだ。

『教祖の文学』

生きている奴は何をしでかすか分らない。何も分らず、何も見えない、手探りでうろつき廻り、悲願をこめギリギリのところを這いまわっている罰当りには、物の必然などは一向に見えないけれども、自分だけのものが見える。自分だけのものが見えるから、それがまた万人のものとなる。芸術とはそういうものだ。

『教祖の文学』

小説なんて、たかが商品であるし、オモチャでもあるし、そして、また、夢を書くことなんだ。第二の人生というようなものだ。有るものを書くのじゃなくて、無いもの、今ある限界を踏みこし、小説はいつも背のびをし、駈けだし、そして跳びあがる。だから墜落もするし、尻もちもつくのだ。

『教祖の文学』

美は悲しいものだ。孤独なものだ。無慙《むざん》なものだ。不幸なものだ。人間がそういうものなのだから。

『教祖の文学』

叱る母もなく、怒る女房もいないけれども、家へ帰ると、叱られてしまう。人は孤独で、誰に気がねのいらない生活の中でも、決して自由ではないのである。そうして、文学は、こういう所から生れてくるのだ、と僕は思っている。

『日本文化私観』

私は落伍者にあこがれたものだ。屋根裏の哲学者。巴里《パリ》の袋小路のどん底の料理屋のオヤヂの哲学者ボンボン氏。人形に惚れる大学生。

『暗い青春』

いのちを人にささげる者を詩人という。唄う必要はないのである。

『特攻隊に捧ぐ』

第7章

黒い宮沢賢治

イーハトーブの深い闇

宮沢賢治（1896～1933）

農民生活と仏教世界の中で創られた理想郷の影

岩手県に生まれた宮沢賢治の父は、家業と株式取引に成功し、周囲に多数の小作地を抱える地元の豪商であった。跡取りだった賢治は、子供のころから聡明であったという。旧制盛岡中学を経て、1915年、盛岡高等農林学校に首席で進学。在学中に同級生と同人誌を刊行し、短歌や短編を発表していた。一方、幼いころ赤痢を患うなど、体は頑健ではなかった。1918年の卒業後、肋膜炎《ろくまくえん》と診断される。死を意識してか、法華経に傾倒していた賢治は、題目を唱えて太鼓を叩きながら近所を歩き、友人の保阪嘉内《ほさかかない》に入信を勧める手紙を書くこともあったという。1921年には家業を嫌って家出し、上京している。

半年後、妹トシの発病を機に帰郷。岩手に戻った後は花巻農学校の教諭となるも、給与は大半がレコードや書籍の購入、飲食費などに消えたという。死の間際でも菜食主義を徹底した賢治だが、このころは鰻《うなぎ》や天ぷらを食し、酒や煙草も嗜《たしな》んだようだ。禁欲主義でも知られるが、一方では春画コレクターでもあり、同僚の教諭と春画を批評することもあったらしい。

生前の賢治は、新聞や雑誌への寄稿で原稿料を得たことはほとんどなかった。1924年には詩集『春と修羅』を自費出版し、童話集『注文の多い料理店』も、やはり自費出版同然で刊行されたが、大半が売れ残ったという。それを父の金で買い取った賢治は、岩波書店の創業者・岩波茂雄に「御社の本と交換してほしい」という手紙を送っている。

1926年、私塾「羅須地人協会《らすちじん》」を主宰し、自ら農作業に励む傍ら、塾生の農業指導に勤しむなど多忙を極めた。1928年、ついに過労で倒れ、以降は実家で病臥《びょうが》生活に入る。一時は回復するも、1931年に再び倒れ、1933年、急性肺炎で37歳の生涯を閉じた。

賢治の作品は生前ほとんど一般には知られず、没後、詩人の草野心平《くさのしんぺい》や高村光太郎らの尽力により、広く知られていった。そういう意味では、世評が高まり、現在にまで至る名声を得たきっかけは、自身の死であったとも言えるだろう。賢治の作品には、裕福な出自から生じる郷土の悲惨な農民に対する贖罪の意識や、仏教の影響を受けた自己犠牲精神が広く見られる。

自らの理想郷の「イーハトーブ」とは、どうやら幸福だけに満ちた世界ではないらしい。次のページからは、賢治が抱えた心の闇を表するような名文を紹介していく。

花巻農学校の教職時代。意外にも大食いだったという。好物は天ぷらそばとサイダーのセットだった。かけそばが6銭の時代、天ぷらそばは15銭、サイダーは23銭もした。

1・「おれはひとりの修羅なのだ」～賢治が抱えた心の闇

ほんたうにおれは泣きたいぞ。
一体なにを恋してゐるのか。
黒雲がちぎれて星をかくす
おれは泣きながら泥みちをふみ。

『冬のスケッチ』

わたくしのかなしさうな眼をしてゐるのは
わたくしのふたつのこころをみつめてゐるためだ
ああそんなに
かなしく眼をそらしてはいけない

『無声慟哭』

あゝ、マヂエル様、どうか憎むことのできない敵を殺さないでいゝやうに早くこの世界がなりますやうに、そのためならば、わたくしのからだなどは、何べん引き裂かれてもかまひません。

『烏の北斗七星』

このとき沢山の小さな虫が、そのからだを食おうとして出てきましたので蛇《へび》はまた、「いまこのからだをたくさんの虫にやるのはまことの道のためだ。いま肉をこの虫らにくれておけばやがてはまことの道をもこの虫らに教えることができる。」と考えて、だまってうごかずに虫にからだを食わせとうとう乾いて死んでしまいました。

『ポラーノの広場』

ああ、かぶとむしや、たくさんの羽虫が、毎晩僕に殺される。そしてそのただ一つの僕がこんどは鷹に殺される。それがこんなにつらいのだ。ああ、つらい、つらい。僕はもう虫をたべないで餓えて死のう。いやその前にもう鷹が僕を殺すだろう。いや、その前に、僕は遠くの遠くの空の向うに行ってしまおう。

『よだかの星』

わたくしは乾いたように勉強したいのです。貪るように読みたいのです。
もしもあの田舎くさい売れないわたくしの本とあなたがお出しになる哲学や心理学の立派な
著述とを幾冊でもお取り換え下さいますならわたくしの感謝は申しあげられません。
「岩波茂雄宛書簡」1925（大正14）年12月20日

わがこの虚空のごとき
かなしみを見よ。
私は何もしない。
何もしていない。
「保阪嘉内宛書簡」1919（大正8）年8月20日前後

苹果《りんご》の樹がむやみにふえた
おまけにのびた
おれなどは石炭紀の鱗木《りんぼく》のしたの
ただいつぴきの蟻でしかない
『春と修羅』（「真空溶媒」より）

まことのことばはうしなはれ
雲はちぎれてそらをとぶ
ああかがやきの四月の底を
はぎしり燃えてゆききする
おれはひとりの修羅なのだ

『春と修羅』（「春と修羅」より）

そしてわたくしはまもなく死ぬのだらう
わたくしといふのはいったい何だ
何べん考へなおし読みあさり
さうともきゝかうも教へられても
結局まだはっきりしてゐない
わたくしといふのは

『疾中』

2・「あてにするものはみんなあてにならない」～無常の景観

人はやるだけのことはやるべきである。けれどもどうしてもどうしてももうできないときは落ちついてわらっていなければならん。落ちつき給《たま》え。

『グスコーブドリの伝記』

一体この物語は、あんまり哀れ過ぎるのだ。もうこのあとはやめにしよう。とにかく豚はすぐあとで、からだを八つに分解されて、厩舎《きゅうしゃ》のうしろに積みあげられた。雪の中に一晩漬けられた。

『フランドン農学校の豚』

ドッと一緒に人をあざけり笑ってそれから俄《にわ》かにしいんとなった時のこのさびしいことです。

『カイロ団長』

もうけつしてさびしくはない
なんべんさびしくないと云つたとこで
またさびしくなるのはきまつてゐる
けれどもここはこれでいいのだ
すべてさびしさと悲傷とを焚いて
ひとは透明な軌道をすすむ

『春と修羅』（「小岩井農場パート九」より）

金をもつてゐるひとは金があてにならない
からだの丈夫なひとはごろつとやられる
あたまのいいものはあたまが弱い
あてにするものはみんなあてにならない

『春と修羅』（「昴」より）

無意識部から溢《あふ》れるものでなければ多くは無力か詐偽である。

『農民芸術概論綱要』

倒れた稲を追ひかけて
これからもまだ降るといふのか
一冬鉄道工夫に出たり
身を切るやうな利金を借りて
やうやく肥料《こえ》もした稲を
まだくしゃくしゃに潰さなければならぬのか

しかも諸君よもう新らしい時代は
酒を呑まなければ人中でものを云へないやうな
そんな卑怯な人間などは
もう一ぴきも用はない
酒を呑まなければ相談がまとまらないやうな
そんな愚劣な相談ならば
もうはじめからしないがいゝ

『詩ノート』

諸君はこの時代に強ひられ率ゐられて
奴隷のやうに忍従することを欲するか
むしろ諸君よ　更にあらたな正しい時代をつくれ
宇宙は絶えずわれらに依って変化する

『詩ノート』

今日の歴史や地史の資料からのみ論ずるならば
われらの祖先乃至はわれらに至るまで
すべての信仰や徳性はたゞ誤解から生じたとさへ見え
しかも科学はいまだに暗く
われらに自殺と自棄のみをしか保証せぬ

『詩ノート』

3・「わたくしもまっすぐにすすんでいくから」～幸せと悲劇

世界がぜんたい幸福にならないうちは個人の幸福はあり得ない。

『農民芸術概論綱要』

「けれどもほんたうのさいはひは一体何だらう。」ジョバンニが云ひました。
「僕わからない。」カムパネルラがぼんやり云ひました。

『銀河鉄道の夜』

なにがしあわせかわからないです。ほんとうにどんなつらいことでもそれがただしいみちを進む中でのできごとなら、峠《とうげ》の上りも下りもみんなほんとうの幸福に近づく一あしずつですから。

『銀河鉄道の夜』

さあ、切符をしっかり持っておいで。お前はもう夢の鉄道の中でなしにほんとうの世界の火やはげしい波の中を大股にまっすぐに歩いて行かなければいけない。天の川のなかでたった一つの、ほんとうのその切符を決しておまえはなくしてはいけない。

『銀河鉄道の夜』

ジョバンニが云ひました。「僕もうあんな大きな暗《やみ》の中だってこわくない。きっとみんなのほんたうのさいはいをさがしに行く。どこまでもどこまでも僕たち一緒に進んで行かう。」「あゝきっと行くよ。あゝ、あすこの野原はなんてきれいだらう。みんな集ってるねえ。あすこがほんたうの天上なんだ　あっあすこにゐるのぼくのお母さんだよ。」カムパネルラは俄かに窓の遠くに見えるきれいな野原を指して叫びました。

『銀河鉄道の夜』

「カムパネルラ、僕たち一緒に行かうねえ。」ジョバンニが斯《こ》う云ひながらふりかへって見ましたらそのいままでカムパネルラの座ってゐた席にもうカムパネルラの形は見えずただ黒いびろうどばかりひかっていました。

『銀河鉄道の夜』

たゞたしかに記録されたこれらのけしきは
記録されたそのとほりのこのけしきで
それが虚無ならば虚無自身がこのとほりで
ある程度まではみんなに共通いたします
（すべてがわたくしの中のみんなであるやうに
みんなのおのおののなかのすべてですから）

『春と修羅』（「序」より）

ああとし子
死ぬといふいまごろになつて
わたくしをいつしやうあかるくするために
こんなさつぱりした雪のひとわんを
おまへはわたくしにたのんだのだ
ありがたうわたくしのけなげないもうとよ
わたくしもまつすぐにすすんでいくから

『春と修羅』（「永訣の朝」より）

ほんとうに豚を可哀そうと思うなら、そうっと怒らせないように、うまいものをたべさせて置いて、にわかに熱湯にでもたたき込んでしまうがいい、豚は大悦びだ、くるっと毛まで剥《む》けてしまう。われわれの組合では、この方法によって、沢山の豚を悦ばせている。ビジテリアンたちは、それを知らない。自分が死ぬのがいやだから、ほかの動物もみんなそうだろうと思うのだ。あんまり子供らしい考である。

『ビジテリアン大祭』

酒をのみ、常に絶えず犠牲を求め、魚鳥が心尽くしの犠牲のお膳の前に不平に、これを命とも思はずまづいのどうのと云ふ人たちを食はれるものが見てゐたら何と云ふでせうか。

「保坂嘉内宛書簡」１９１８（大正７）年5月19日

4・「どうも間もなく死にさうです」～童話の中に溢れる死

さて署長さんは縛られて、裁判にかかり死刑ということにきまりました。
いよいよ巨《おお》きな曲った刀で、首を落されるとき、署長さんは笑って云いました。
「ああ、面白かった。おれはもう、毒もみのことときたら、全く夢中なんだ。いよいよこんどは、地獄で毒もみをやるかな。」

『毒もみのすきの署長さん』

実はね、この世界に生きてるものは、みんな死ななけぁいかんのだ。実際もうどんなもんでも死ぬんだよ。
人間の中の貴族でも、金持でも、また私のような、中産階級でも、それからごくつまらない乞食でもね。

『フランドン農学校の豚』

春に、くるみの木がみんな青い房《ふさ》のようなものを下げているでしょう。その下にしゃがんで、チュンセはキャベジの床《とこ》をつくっていました。そしたら土の中から一ぴきのうすい緑いろの小さな蛙がよろよろと這って出て来ました。

「かえるなんざ、潰れちまえ。」

チュンセは大きな稜石《かどいし》でいきなりそれを叩きました。


『ポラーノの広場』


つうと銀のいろの腹をひるがえして、一疋の魚が頭の上を過ぎて行きました。

『クラムボンは死んだよ。』

『クラムボンは殺されたよ。』

『クラムボンは死んでしまったよ………。』

『殺されたよ。』

『それならなぜ殺された。』兄さんの蟹は、その右側の四本の脚の中の二本を、弟の平べったい頭にのせながら云いました。

『わからない。』


『やまなし』

だめでせう
とまりませんな
がぶがぶ湧いてゐるですからな
ゆふべからねむらず血も出つづけなもんですから
そこらは青くしんしんとして
どうも間もなく死にさうです

『疾中』

動物には意識があって食うのは気の毒だが、植物にはないから差し支えないというのか。なるほど植物には意識がないようにも見える。けれどもないかどうかわからない、あるようだと思って見るとまた実にあるようである。元来生物界は、一つの連続である、動物に考があれば、植物にもきっとそれがある。ビジテリアン諸君、植物をたべることもやめ給え。諸君は餓死する。また世界中にもそれを宣伝したまえ。二十億人がみんな死ぬ。大へんさっぱりして諸君の御希望に叶うだろう。そして、そのあとで動物や植物が、お互同志食ったり食われたりしていたら、丁度いいではないか。

『ビジテリアン大祭』

第8章

ドマゾの谷崎潤一郎VS狭量な佐藤春夫

暴走する奴隷願望と独白する毒舌文豪

谷崎潤一郎（1886～1965）

佐藤春夫（1892～1964）

細君譲渡をめぐる「大谷崎」と「門弟三千人」の争い

生前、最も評価が高かった文豪の一人が、谷崎潤一郎である。その名声は欧米にまで轟《とどろ》いて、ノーベル文学賞の候補に何度も名が挙がり、国内では「大谷崎」と称された。谷崎の名を海外に知らしめた随筆『陰翳礼讃《いんえいらいさん》』は、日本古来の美意識を訴えた作品であるが、自然、西洋文明に毒を吐く面も生じている。本章では、その一部をご紹介したい。

谷崎といえば耽美派と目され、女性崇拝を通り越したマゾヒズムと脚フェティシズムによる文脈で語られることが多い。実際、2番目の妻となる女性には「あなたに支配されたい」、3番目の妻となる女性にも「ご主人様として仕えたい」「気の済むまでいじめてほしい」「生命身体家族兄弟収入等全て捧げます」などと書き送っている。

そんな谷崎の最初の妻が千代である。１９１５年の結婚後、谷崎は千代の妹せい子を引き取るが、35歳の身で15歳のせい子に惹《ひ》かれる。当然、妻が邪魔となり冷たく扱うが、そんな千代に同情し、次第に心惹かれていったのが谷崎の友人・佐藤春夫であった。結局、谷崎は当然ながらせい子に振られるが、女性への歪んだ愛を表した名言も取り上げたい。

１９１９年に『田園の憂鬱』を発表し、その後も膨大な量の作品を書き続け、一気に文壇での地位を確立した佐藤は、谷崎から千代を譲ると言われる。その気でいたが、せい子に振られた谷崎が「やっぱりあげない」と言い出したために、1921年に絶交する。佐藤と谷崎が和解し、千代を譲渡される「細君譲渡事件」が起きるのは1930年である。谷崎が国内外での名声を確立した一方、佐藤は「門弟三千人」と言われるほど多数の弟子を抱えた。佐藤に師事した文豪には、井伏鱒二、太宰治、檀一雄、吉行淳之介、三島由紀夫、安岡章太郎、井上靖、遠藤周作などといった面々がいる。

しかし、割と狭量なところもあったようで、慕ってくる者の世話は熱心だったが（檀一雄など）、無礼を働いたと自身が感じた者は疎遠にする傾向があった（三島由紀夫など）。太宰への掌返しや、自分の批判に対する再批判、千代への独白など、すぐれた論評でも知られる佐藤の独白と共に、代表作『田園の憂鬱』などで披露された「闇の名言」を、本章で紹介する。

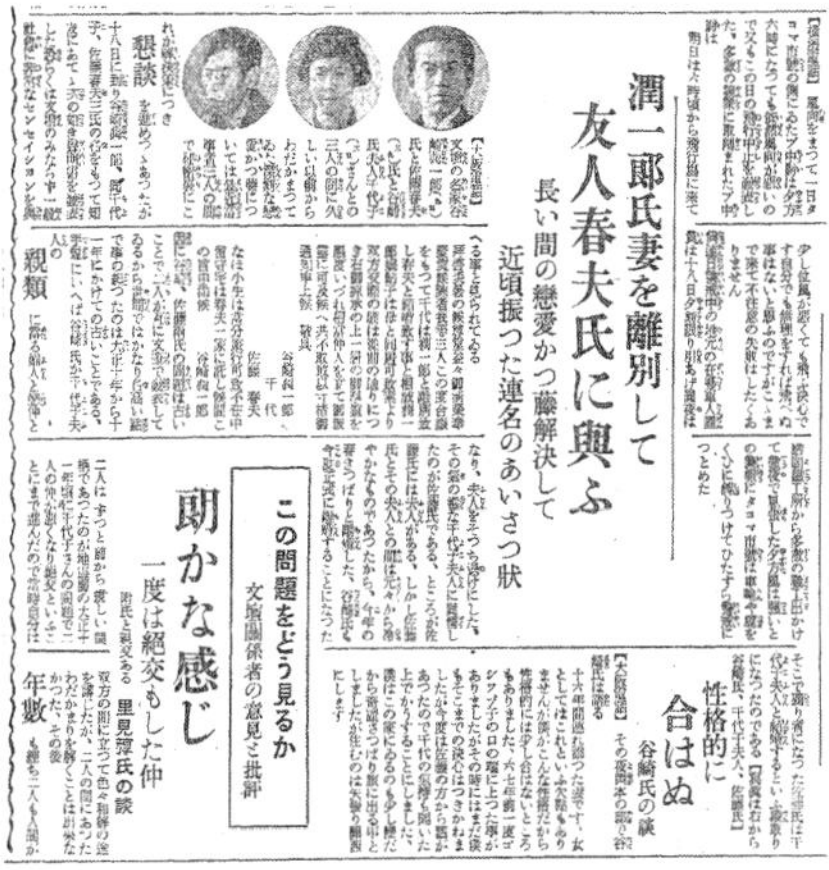
潤一郎氏妻を離別して
友人春夫氏に輿ふ
近頃振つた連名のあいさつ状
この問題をどう見るか
朗かな感じ
性格的に合はぬ

1930年、谷崎は千代との離婚、および千代が佐藤と再婚する旨の挨拶状。後に「細君譲渡事件」として知られる新聞記事である（昭和5年8月19日 東京朝日新聞）。

1・「早く気狂ひにおなんなさい」～谷崎潤一郎、性向の歪み

誰しも「怠け者」と言われて名誉に思う者はないが、しかしその一面に置いて、年中あくせくと働く者を冷笑し、時には俗物扱いする考は、今日と云えども絶無ではない。

『谷崎潤一郎随筆集』

私はお前を憎んでいる。お前は恐ろしい女だ。お前は私を亡ぼす悪魔だ。
しかし私はどうしても、お前から離れる事が出来ない。

『麒麟』

さあさあ早く気狂ひにおなんなさい。誰でも早く気狂ひになつた者が勝ちだ。
可哀さうに皆さん、気狂ひにさへなつて了《しま》へば、其《そ》んな苦労はしないでも済みます。

『悪魔』

悲しい時には桜の花の咲くのを見たって涙が出るんだ。

『蓼食う虫』

女の顔は男の憎しみがかかればかかる程美しくなるのを知りました。

『痴人の愛』

妻子のためには火の勢いが少しでも遅く弱いようにと祈りながら、一方ではまた「焼けろ焼けろ、みんな焼けちまえ」と思った。あの乱脈な東京。泥濘と、悪道路と、不秩序と、険悪な人情の外何物もない東京。私はそれが今の恐ろしい震動で一とたまりもなく崩壊し、張りぼての洋風建築と附け木のような日本家屋の集団が痛快に焼けつつあるさまを想うと、サバサバして胸がすくのであった。

『東京をおもう』

まことに世間のことは何一つとして意の如くにならないものだが、分けても自分自身のことほど測り難いものはない。

『東京をおもう』

2・「日本は何でも亜米利加の真似をしたがる」～谷崎潤一郎『陰翳礼讃』より

あの時分、と云うのは明治二十年代のことだが、あの頃までは東京の町家も皆薄暗い建て方で、私の母や伯母や親戚の誰彼など、あの年配の女達は大概鉄漿《おはぐろ》を附けていた。着物は不断着は覚えていないが、餘所《よそ》行きの時は鼠地の細かい小紋をしばしば着た。母は至ってせいが低く、五尺に足らぬほどであったが、母ばかりでなくあの頃の女はそのくらいが普通だったのであろう。

いや、極端に云えば、彼女たちには殆ど肉体がなかったのだと云っていゝ。

『陰翳礼讃』

それで想い起すのは、あの中宮寺の観世音の胴体であるが、あれこそ昔の日本の女の典型的な裸体像ではないのか。

『陰翳礼讃』

あの、紙のように薄い乳房の附いた、板のような平べったい胸、その胸よりも一層小さくびれている腹、何の凹凸《おうとつ》もない、真っ直ぐな背筋と腰と臀の線、そう云う胴の全体が顔や手足に比べると不釣合に痩せ細っていて、厚みがなく、肉体と云うよりもずんどうの棒のような感じがするが、昔の女の胴体は押しなべてあゝ云う風ではなかったのであろうか。

『陰翳礼讃』

現代の文化設備が専ら若い者に媚びてだんだん老人に不親切な時代を作りつゝあることは確かなように思われる。早い話が、街頭の十字路を号令で横切るようになっては、もう老人は安心して町へ出ることが出来ない。

『陰翳礼讃』

今更何と云ったところで、既に日本が西洋文化の線に沿うて歩み出した以上、老人などは置き去りにして勇往邁進するより外に仕方がないが、でもわれわれの皮膚の色が変らない限り、われわれにだけ課せられた損は永久に背負って行くものと覚悟しなければならぬ。

『陰翳礼讃』

思うに西洋人の云う「東洋の神秘」とは、かくの如き暗がりが持つ無気味な静かさを指すのであろう。

『陰翳礼讃』

巴里《パリ》などではシャンゼリゼエの真ん中でもランプを燈す家があるのに、日本ではよほど辺鄙な山奥へでも行かなければそんな家は一軒もない。恐らく世界じゅうで電燈を贅沢に使っている国は、亜米利加《アメリカ》と日本であろう。日本は何でも亜米利加の真似をしたがる国だと云うことであった。

『陰翳礼讃』

彼等の集会の中へわれわれの一人が這入り込むと、白紙に一点薄墨のしみが出来たようで、われわれが見てもその一人が眼障りのように思われ、あまりいゝ気持がしないのである。こうしてみると、かつて白晳人種が有色人種を排斥した心理が頷けるのであって、白人中でも神経質な人間には、社交場裡に出来る一点のしみ、一人か二人の有色人さえが、気にならずにはいなかったのであろう。

『陰翳礼讃』

日本人のはどんなに白くとも、白い中に微かな翳《かげ》りがある。そのくせそう云う女たちは西洋人に負けないように、背中から二の腕から腋の下まで、露出している肉体のあらゆる部分へ濃い白粉を塗っているのだが、それでいて、やっぱりその皮膚の底に澱んでいる暗色を消すことが出来ない。ちょうど清洌な水の底にある汚物が、高い所から見下ろすとよく分るように、それが分る。

『陰翳礼讃』

屋内の「眼に見える闇」は、何かチラチラとかげろうものがあるような気がして、幻覚を起し易いので、或る場合には屋外の闇よりも凄味がある。魑魅《ちみ》とか妖怪変化とかの跳躍するのはけだしこう云う闇であろうが、その中に深い帳《とばり》を垂れ、屏風や襖を幾重にも囲って住んでいた女と云うのも、やはりその魑魅の眷属《けんぞく》ではなかったか。

『陰翳礼讃』

3・「何もかも腐れ」～原稿に書き散らした佐藤春夫の憂鬱

一般の世間の人たちは、それなら一たい何を生き甲斐にして生きることが出来て居るのであるか？
彼等は唯彼等自身の、それぞれの愚かさの上に、さもしたりげにおのおのの空虚な夢を築き上げて、それが何も無い夢であるといふ事さへも気づかない程に猛《たけ》つて生きてゐるだけではなからうか――それは賢人でも馬鹿でも、哲人でも商人でも。

『田園の憂鬱』

すべての平和と幸福とは、短い人生の中にあつて最も短い。
それはちやうど、秋の日の障子の日向《ひなた》の上にふと影を落す鳥かげのやうである。いゝつと来てはつと消え去る。

『田園の憂鬱』

この間歇的《かんけつてき》な雨は何時まででも降る……。
幾日でも、幾日でも降る……。
彼の心身を腐らせようとして降る……。
世界そのものを腐らせようとして降る。
何もかも腐れ……、
　腐るなら腐れ……、
勝手に腐れ……、
　腐れ腐れ……、
お前の頭が……、
　まつさきに腐れ……、

『田園の憂鬱』

この天成の詩人は、詩才以外には、詩人として有害無用な何ものをも持つてゐない。
世才は勿論学才もない。
詩的教養だつてさう沢山は持つてゐるやうには思へない。

『天成の詩人』

僕に「詩人馬鹿」といふ言葉がある。詩人は通例世俗人としては全くの無能力者であるが、
その為人は純粋無垢だといふのである。

『天成の詩人』

悲しみは堅いから、あまり堅いから（嚥《の》んだり噛んだりこなしたり）、人はひとつの悲しみから、
いくつもの歌を考え出すのです。

『詩論』

日本語はたしかに、あまりに多く美しい女人たちの心情の亡霊に煩はされてゐる。
さながらに感傷の野の花束のやうなのが日本語である。

『針金細工の詩』

神は人間に孤独を与えた。
しかも同等に人間に孤独ではいられない性質をも与えた。

『退屈読本』

4・「あれはただ気取りや見栄坊」～佐藤春夫の毒舌、批評、独白

太宰はそんなけちなものなんか夙《つと》に超越したやうなえらさうな顔をしてゐたが、どうして決してそんな豪傑ではない。
あれはただ気取りや見え坊のためにあんなポオズを択んでゐたが、つまらぬ泣き虫野郎であつた。
芥川賞を欲しいと泣き、パビナアル中毒の診療入院がいやだと泣いてゐた。
それが彼の文学の大衆性なのであらう。

『井伏鱒二は悪人なるの説』

太宰のものが現代青年のものであるのに対比して坂口の文学は将来のおとなの文学だとも思へる。

『文学の本筋をゆく』

あまりに本当の事を見、本当の事を云ひすぎる自分のところへ、彼（太宰）はいつの間にか出入しなくなつてしまつて専ら井伏のところあたりに行つてゐたやうである。僕もコワレもののやうに用心しながらつき合はなければならない人間はやつかいだから、出入しなくなつた彼を強ひて迎へる要もないと思ひながらもその才能は最初から大に認めてゐたつもりである。

『稀有の文才』

井伏鱒二君の文は虚実相半して自ら趣を成すものである。たとへばそれは歪んだ面をもつた田舎の理髪店の鏡のごとく現実を歪んで映し出してゐる。

『もののまちがひ』

その（石川啄木の）詩は流麗雄弁で、よく長句を駆使してゐるうへに作意にも一ふしはあり、それに流行歌調の二番煎じだといふ点に解り易く人気の出る理由は十分にあつたが、決して上乗のものとは云ひ難からう。せいぜい少年才人の作で天才などとはおだてるも甚しい話であつた。少年時代の啄木は終に一介の巧妙な模造品製造工にしか過ぎなかつた。

『新詩社と石川啄木』

二十代の時鷗外先生には五、六回お目にかかった（中略）先生は世間から気むずかし屋と思われることを苦にして、いつも相手に窮屈な思いをさせぬように気をつかっておられたようであるが、それが却ってこちらには窮屈であった。

『思い出』

宗教は人間の理智の無力で頼むに足らぬことを知るところから発足するのである。この困惑を経験しない人間は大馬鹿である。そうして大馬鹿の欲しがるものは金や名誉や世俗の幸福だけである。

『現代と浄土宗』

或る馬鹿は、佐藤春夫といふ男は、キザな会社員か何かのやうにネクタイばかり気にしてゐるなどと、冷笑にもならぬことをしたりげに言つて、彼等自身の低能を告白した。

『ネクタイとステッキ』

かくて彼（わが畏友堀口大学）は感傷の野に詩の花を摘まず、知性の山に詩の石を求めた。

『針金細工の詩』

ああ、私も妻がほしい、子供もほしい。人間なみの幸福をうけたい。

私はしたい方《ほう》だいがしたいのではない。ただ人間なみのことがしたいのだ。

私はどんな不幸な人間で、それだけのことも出来ないのだろうか。

さびしい。

あなたは今ごろ谷崎とたのしそうに何か話していることだろう。

私はあなたと夫婦になって、あなたに僕の子を生んでもらって、静かに平和に一生をおくりたい。

それより外には何の希望もない。


あなたは僕を恋しいと言ってくれるくせに、何一つ僕のために犠牲を払ってくれようとはしない。

ほんとうの恋というものはそんなものじゃないと思う。

僕はあなたのためになら命の外なら何でもすてる。

若しかすると命でもすてたい。


「谷崎千代宛書簡」１９２１（大正10）年１月28日〜２月１日

第9章

闇落ちしていく有島武郎

白樺派唯一の闇キャラが残した ダーク名言

有島武郎（1878～1923）

「優等生ぞろい」の仲間たちとは何が違ったのか？

白樺派と呼ばれる文豪には、志賀直哉や武者小路実篤、柳宗悦《やなぎむねよし》や里見弴《さとみとん》といった作家が知られる。主に学習院出身の上流階級に属し、幼いころからの知り合いも多く、海外文学に触れるなど切磋琢磨し合っていた。白樺派の名前は、彼らが創刊した同人誌「白樺」による。

文豪には酒、薬物、自殺、心中といったイメージがつきまとうが、良家の出であり、エスカレーターな学生時代を過ごした彼らには、太宰や芥川のようなイメージはあまりない。

たとえば、太宰が憎み、芥川が憧れた志賀は、戦後その太宰と非難の応酬《おうしゅう》があったが、太宰の死後『太宰治の死』にて「太宰君が心身共に、それ程衰へてゐる人だといふ事を知つてゐれば、もう少し云ひようがあつたと、今は残念に思つてゐる」と遺憾《いかん》の意を表明している。毒を吐き続けられない、闇が浅い、優等生ぞろいの白樺派を体現しているようだ。

そんな中、ほぼ唯一と言っていい「闇キャラ」が、本章で紹介する有島武郎である。学習院から札幌農学校に進み、卒業後は軍隊生活を経てアメリカに留学。明治の時代に、ハーバード大学に学んだという超エリートだ。1907年に帰国。弟の生馬《いくま》を通じ、1910年創刊の「白樺」に参加した。1916年、妻と父の死を境に、本格的な作家生活に入る。

『或る女』などの代表作を次々と発表する傍ら、私生活では次々と浮名を流したという。溢れる文才、精悍《せいかん》な顔立ち、西洋帰りの気品ある立ち居振る舞い、若くして妻を亡くした悲劇性、幼い子供たちを抱えながらも独身を貫く清廉性《せいれんせい》……これでモテないはずがない。

が、１９２０年には創作活動に陰りが見え始める。そんな有島の心を捉えた女性が、中央公論社の編集者で、文壇で美貌《びぼう》の才女と知られた波多野秋子だった。２人は愛人関係になるが、秋子は人妻であり、不倫が姦通罪《かんつうざい》に問われた当時、その夫から脅迫されることになる。

追い詰められた有島は、１９２３年６月、秋子を連れて軽井沢の別荘に向かい、首を吊って果てた。45歳没。２人の遺体は約１か月後に発見されるが、梅雨の時期だったため、かなり腐乱が進んでおり、遺書の存在で本人と確認されたほどであったという。

有島の破滅願望を生前の作品から見出すのは造作ない。本章では、代表作の随筆『惜みなく愛は奪う』を中心に、有島の「闇落ち名言」を幾つか紹介する。

若き日の有島は美男だった。有島の死後、息子たちは弟の生馬が引き取るが、父の端正な顔立ちを受け継いだ長男の行光《ゆきみつ》は、後に日本映画史にその名を刻む名優・森雅之となる。

1・「結局は何もかも滅びて行く」～始まっていた破滅への序曲

葉子は自分の不可犯性（女が男に対して持ついちばん強大な蠱惑物《こわくぶつ》）のすべてまで惜しみなく投げ出して、自分を倉地の目に娼婦以下のものに見せるとも悔いようとはしなくなった。二人は、はた目には酸鼻《さんび》だとさえ思わせるような肉欲の腐敗の末遠く、互いに淫楽《いんらく》の実《み》を互い互いから奪い合いながらずるずると壊れこんで行くのだった。

『或る女』

僕は一生が大事だと思いますよ。来世があろうが過去世があろうがこの一生が大事だと思いますよ。生きがいがあったと思うように生きて行きたいと思いますよ。ころんだって倒れたってそんな事を世間のようにかれこれくよくよせずに、ころんだら立って、倒れたら起き上がって行きたいと思います。

『或る女』

自分は荒磯《あらいそ》に一本流れよった流れ木ではない。しかしその流れ木よりも自分は孤独だ。自分は一ひら風に散ってゆく枯れ葉ではない。しかしその枯れ葉より自分はうらさびしい。

『或る女』

結局は何もかも滅びて行くのに、永遠な灰色の沈黙の中にくずれ込んでしまうのに、目前の貪婪《どんらん》に心火の限りを燃やして、餓鬼《がき》同様に命をかみ合うとはなんというあさましい心だろう。

『或る女』

「どうせすべては過ぎ去るのだ」

葉子は美しい不思議な幻影でも見るように、電気灯の緑の光の中に立つ二人の姿を、無常を見ぬいた隠者《いんじゃ》のような心になって打ちながめた。

『或る女』

感じと感じとの間には、星のない夜のような、波のない海のような、暗い深い際涯《はてし》のない悲哀が、愛憎のすべてをただ一色に染めなして、どんよりと広がっていた。

『或る女』

ある時は結婚を悔いた。ある時はお前たちの誕生を悪《にく》んだ。何故自分の生活の旗色をもっと鮮明にしない中に結婚なぞをしたか。妻のある為めに後ろに引きずって行かれねばならぬ重みの幾つかを、何故好んで腰につけたのか。何故二人の肉慾の結果を天からの賜物《たまもの》のように思わねばならぬのか。家庭の建立《こんりゅう》に費す労力と精力とを自分は他に用うべきではなかったのか。

『小さき者へ』

お前たちが六つと五つと四つになった年の八月の二日に死が殺到した。死が総《すべ》てを圧倒した。そして死が総てを救った。

『小さき者へ』

小さき者よ。不幸なそして同時に幸福なお前たちの父と母との祝福を胸にしめて人の世の旅に登れ。前途は遠い。そして暗い。然し恐れてはならぬ。恐れない者の前に道は開ける。行け。勇んで。小さき者よ。

『小さき者へ』

君がただひとりで忍ばなければならない煩悶《はんもん》――それは痛ましい陣痛の苦しみであるとは言え、それは君自身の苦しみ、君自身で癒さなければならぬ苦しみだ。

『生まれいずる悩み』

地球の北端――そこでは人の生活が、荒くれた自然の威力に圧倒されて、瘦地《やせじ》におとされた雑草の種のように弱々しく頭をもたげてい、人類の活動の中心からは見のがされるほど隔たった地球の北端の一つの地角に、今、一つのすぐれた魂は悩んでいるのだ。

『生まれいずる悩み』

人生とは畢竟《ひっきょう》運命の玩具箱《おもちゃばこ》だ。
人間とはその玩具箱に投げ込まれた人形だ。

『迷路』

2・「愛は掠奪する烈しい力だ」～『惜みなく愛は奪う』より

知る事と考える事との間には埋め得ない大きな溝《みぞ》がある。人はよくこの溝を無視して、考えることによって知ることに達しようとはしないだろうか。私はその幻覚にはもう迷うまいと思う。知ることは出来ない。が、知ろうとは欲する。人は生れると直ちにこの「不可能」と「欲求」との間にさいなまれる。不可能であるという理由で私は欲求を抛《なげう》つことが出来ない。それは私として何という我儘《わがまま》であろう。そして自分ながら何という可憐さであろう。

『惜みなく愛は奪う』

恐るべき永劫《えいごう》が私の周囲にはある。永劫は恐ろしい。或る時には氷のように冷やかな、凝然としてよどみわたった或るものとして私にせまる。また或る時は眼もくらむばかりかがやかしい、瞬間も動揺流転をやめぬ或るものとして私にせまる。

『惜みなく愛は奪う』

一人の旅客が永劫の道を行く。彼を彼自身のように知っているものは何処《どこ》にもいない。陽の照る時には、彼の忠実な伴侶《はんりょ》はその影であるだろう。空が曇り果てる時には、そして夜には、伴侶たるべき彼の影もない。その時彼は独《ひと》り彼の衷《うち》にのみ忠実な伴侶を見出《みいだ》さねばならぬ。拙《つたな》くとも、醜くとも、彼にとっては、彼以上のものを何処に求め得よう。

『惜みなく愛は奪う』

孤独な者は自分の掌《てのひら》を見つめることにすら、熱い涙をさそわれるのではないか。

『惜みなく愛は奪う』

他人に対しては与え得ないきびしい鞭打《むちうち》を与えざるを得ないものは畢竟自身に対してだ。

『惜みなく愛は奪う』

吃《ども》る事なしには私達は自分の心を語る事が出来ない。恋人の耳にささやかれる言葉はいつでも流暢であるためしがない。心から心に通う為めには、何んという不完全な乗り物に私達は乗らねばならぬのだろう。

『惜みなく愛は奪う』

言葉は不従順な僕《しもべ》である。私達はしばしば言葉の為めに裏切られる。私達の発した言葉は私達が針ほどの誤謬《ごびゅう》を犯すや否や、すぐに刃を反えして私達に切ってかかる。私達は自分の言葉故に人の前に高慢となり、卑屈となり、狡智《こうち》となり、魯鈍《ろどん》となる。

『惜みなく愛は奪う』

すべての美しい夢は、経験の結果から生れ出る。経験そのものからではない。そういう見方によって生きる人はセンティメンタリストだ。

『惜みなく愛は奪う』

既に現われ終ったものはどれほど優れたものであろうとも、それを現在にも未来にも再現することは出来ない。（中略）そういう見方によって生きる人はリアリストだ。

『惜みなく愛は奪う』

私には生命に対する生命自身の把握という事が一番尊く思われる。即ち生命の緊張が一番好ましいものに思われる。

『惜みなく愛は奪う』

或る人は未来に現われるもの、若しくは現わるべきものに対して憧憬《どうけい》を繋ぐ。既に現われ出たもの、今現われつつあるものは、すべて醜く歪んでいる。やむ時なき人の欲求を満たし得るものは現われ出ないものの中にのみ潜んでいなければならない。そういう見方によって生きる人はロマンティシストだ。

『惜みなく愛は奪う』

愛と憎《にくし》みとは、相反馳《あいはんち》する心的作用の両極を意味するものではない。憎みとは人間の愛の変じた一つの形式である。愛の反対は憎みではない。愛の反対は愛しないことだ。

『惜みなく愛は奪う』

恐らくはよく愛するものほど、強く憎むことを知っているだろう。同時にまた憎むことの如何に苦しいものであるかを痛感するだろう。

『惜みなく愛は奪う』

愛を優しい力と見くびったところから生活の誤謬《ごびゅう》は始まる。

『惜みなく愛は奪う』

愛の表現は惜みなく与えるだろう。然し愛の本体は惜みなく奪うものだ。

『惜みなく愛は奪う』

私に取っては現在を唯一の宝玉として尊重し、それを最上に生き行く外に残された道はない。

『惜みなく愛は奪う』

私が小鳥を愛すれば愛するほど、小鳥はより多く私そのものである。私にとっては小鳥はもう私以外の存在ではない。小鳥ではない。小鳥は私だ。私が小鳥を活きるのだ。

『惜みなく愛は奪う』

見よ愛は放射するエネルギーでもなければ与える本能でもない。愛は掠奪《りゃくだつ》する烈《はげ》しい力だ。

『惜みなく愛は奪う』

愛は自己への獲得である。愛は惜みなく奪うものだ。愛せられるものは奪われてはいるが、不思議なことには何物も奪われてはいない。然し愛するものは必ず奪っている。

『惜みなく愛は奪う』

センティメンタリストの痛ましくも甘い涙は私にはない。ロマンティシストの快く華やかな想像も私にはない。すべての欠陥とすべての醜さとを持ちながらも、この現在は私に取っていかに親しみ深くいかに尊いものだろう。そこにある強い充実の味と人間らしさとは私を牽《ひ》きつけるに十分である。

『惜みなく愛は奪う』

或る人は言葉をその素朴な用途に於て使用する。或る人は一つの言葉にも或る特殊な意味を盛《も》り、雑多な意味を除去することなしには用いることを肯《がえ》んじない。散文を綴《つづ》る人は前者であり、詩に行く人は後者である。

『惜みなく愛は奪う』

私は子供に感謝すべきものをこそ持っておれ、子供から感謝さるべき何物をも持ってはいない。私が子供に対して払った犠牲らしく見えるものは、子供の愛によって酬《むく》いられてなお余りがある。

『惜みなく愛は奪う』

私の経験が私に告げるところによれば、愛は与える本能である代りに奪う本能であり、放射するエネルギーである代りに吸引するエネルギーである。

『惜みなく愛は奪う』

女は持つ愛はあらわだけれども小さい。
男の持つ愛は大きいけれども遮《さえぎ》られている。
そして大きい愛はしばしばあらわな愛に打負かされる。

『惜みなく愛は奪う』

3・「私達の死骸は腐乱して発見される」～最後の言葉

山荘の夜は一時を過ぎた。雨がひどく降っている。

私達は長い路を歩いたので濡れそぼちながら最後のいとなみをしている。

森厳《しんげん》だとか悲壮だとか言えば言える光景だが、実際私達は戯れつつある二人の小児に等しい。

愛の前に死がかくまで無力なものだとは此の瞬間まで思わなかった。

おそらく私達の死骸は腐乱して発見されるだろう。

「遺書」１９２３（大正12）年６月９日

参考文献

『太宰治全集』（筑摩書房）
『藤村全集』（筑摩書房）
『石川啄木全集』（筑摩書房）
『漱石全集』（岩波書店）
『芥川龍之介全集』（岩波書店）
『坂口安吾全集』（筑摩書房）
『校本 宮澤賢治全集』（筑摩書房）
『谷崎潤一郎全集』（中央公論社）
『定本佐藤春夫全集』（臨川書店）
『有島武郎全集』（筑摩書房）
『ダザイズム――太宰治不滅の至言４５１』藝神倶楽部 編（ビオマガジン）
『愛と苦悩の人生――太宰治の言葉』（社会思想社）
『生まれてすみません 太宰治 一五〇の言葉』山口 智司（ＰＨＰ研究所）
『啄木・ローマ字日記』桑原武夫 編訳（岩波文庫）
『夏目漱石美辞名句集』山川 均、売文社編輯局 編（君見ずや出版）

参考文献

『生れて来た以上は、生きねばならぬ　漱石珠玉の言葉』石川千秋 編（新潮文庫）
『夏目漱石　１００の言葉』（宝島社）
『漱石「こころ」の言葉』（文藝春秋）
『夏目漱石　乗り越える言葉１００』（英和出版社）
『自分の心を高める漱石の言葉』長尾 剛（ＰＨＰ研究所）
『漱石の「ちょっといい言葉」』長尾 剛（日本実業出版社）
『漱石のことば』姜尚中（集英社新書）
『安吾のことば「正直に生き抜く」ためのヒント』藤沢 周 編（集英社新書）
『芥川龍之介の生き方と言葉』（メディアソフト）
『かなしみはちからに　心にしみる宮沢賢治の言葉』（朝日新聞出版）
『宮澤賢治　魂の言葉』（ＫＫロングセラーズ）
『宮沢賢治　１００の言葉』（宝島社）
『佐藤春夫読本』河野 龍也 編著（勉誠出版）
『文豪たちの悪口本』（彩図社）
『武器としての言葉の力 ―― 文豪たちが教えてくれる最強の表現力・生きる作法』柏 耕一（三笠書房）
『文豪の凄い語彙力』山口 謠司（さくら舎）
『文豪たちのラブレター』（宝島社）
「青空文庫」

【編者プロフィール】

豊岡 昭彦（とよおか・あきひこ）

1960年、山形県生まれ。日本文学研究家、大和心研究会主宰。大学卒業後、大手メーカーでの商品開発やマーケティングを経て、1990年代からはIT系出版社に勤務。Macintoshの専門誌の編集をおこなう。インターネットやDTPなどの特集を担当。1998年からは編集長。2001年、日本政府主管の「インターネット博覧会」のNewsサイトを担当する。2002年からフリーランスとして歴史・文学関連書籍、情報誌、女性誌などを中心に執筆、編集をおこなっている。主な編著書に『太宰治の絶望語録』(WAVE出版刊)、『文房具の解剖図鑑』(エクスナレッジ刊)、『大和言葉辞典』(大和書房刊)。編集者として『マッサン語録』『広岡浅子語録』『文豪たちのラブレター』『この時代小説がすごい！』(宝島社刊)、『明治クロニクル』(世界文化社刊)などを手がける。

高見澤 秀（たかみざわ・まさる）

1954年、長野県生まれ。編集プロダクション（有）マイストリート代表。豊岡昭彦とともに上記書籍などを編著。

■装丁　山之口正和（OKIKATA）

文豪《ぶんごう》たちの憂鬱《ゆううつ》語録《ごろく》

発行日　2020年　6月11日　第1版第1刷

編　者　豊岡《とよおか》　昭彦《あきひこ》／高見澤《たかみざわ》 秀《まさる》

発行者　斉藤　和邦
発行所　株式会社　秀和システム
〒135-0016
東京都江東区東陽2-4-2　新宮ビル2F
Tel 03-6264-3105（販売）Fax 03-6264-3094
印刷所　日経印刷株式会社　Printed in Japan

ISBN978-4-7980-6098-9 C0095